Madeleine

ou la rivière au printemps

Simone Rainville

Madeleine
ou la rivière au printemps

roman

éditions d'acadie

L'éditeur désire remercier la Direction des arts du Nouveau-Brunswick et le Conseil des arts du Canada pour leur contribution à la réalisation de ce livre.

Données de catalogage avant publication (Canada)
Rainville, Simone, 1941-
    Madeleine, ou, La rivière au printemps
ISBN 2-7600-0274-8
    I. Titre.   II. Titre : La rivière au printemps.
PS8585.A355M34 1995   C843'.54   C95-900445-9
PQ3919.2.R34M34 1995

Œuvre de la couverture : *Regard intérieur*, Danielle Ouellet
Conception de la couverture : Claude Guy Gallant
Mise en pages : Charlette Robichaud
Photographie de l'auteure : Bob Maillet

ISBN 2-7600-0274-8

© Les Éditions d'Acadie, 1995
    C.P. 885
    Moncton (N.-B.)
    E1C 8N8
    Canada

Avant-propos

Pour soulager ma conscience, je dois raconter dans quelles circonstances les lettres de ce recueil ont été découvertes et justifier également les quelques modifications qu'il a fallu leur apporter avant d'obtenir la permission de les publier. J'espère que ces renseignements contribueront aussi à faire apprécier l'ouvrage à sa juste valeur.

Histoire d'un manuscrit, bien sûr

Voilà quelques années, je rencontrai, par hasard, Marie Arsenault*, une ancienne camarade de pensionnat. Elle me parla de ses recherches en psychologie, ce qui m'amena à mentionner que je préparais un article sur l'éducation en Acadie. Quand je lui fis part de la difficulté que j'avais à trouver de la documentation sur un point en particulier, elle me donna un conseil qui me parut pertinent.

Son vieil oncle Louis avait longtemps collectionné des documents sur l'histoire acadienne. Comme il venait de mourir subitement et sans testament, sa collection avait abouti chez les parents de Marie. Madame Arsenault souhaitait s'en débarrasser, mais son mari refusait sous prétexte que son frère y avait toujours tenu comme à la prunelle de ses yeux. Marie me suggérait d'aller y jeter un coup d'œil.

J'obtins facilement des Arsenault l'autorisation d'examiner trois grosses boîtes pleines à ras bord. Je sortis d'abord la chemise qui portait l'étiquette «Éducation 1940-1960». J'y trouvai une épaisse enveloppe adressée au Révérend Père Louis Arsenault, curé. Je l'ouvris et fus renversée de découvrir qu'elle contenait une lettre d'amour signée par Madeleine, sa belle-sœur!

_____

* Ce nom ainsi que la plupart des autres noms propres ont été changés pour des raisons qui sont expliquées plus loin.

Comme la lettre n'avait aucun rapport avec l'éducation, il me paraissait probable qu'on l'avait placée dans cette chemise pour la dissimuler. Si tel était le cas, il pouvait y avoir d'autres surprises entre les vieux papiers... Je décidai donc d'inspecter chacune des chemises. Au bout de quelques heures, en plus de deux ou trois articles utiles à ma recherche, j'avais déniché 26 lettres, toutes écrites de la même main.

À la lecture, il était clair que Madeleine – la fille d'un député – n'avait pas choisi de vivre dans le camp où elle habitait durant la première des trois années sur lesquelles s'échelonnait la correspondance. Pierre, son mari, l'avait forcée à quitter son poste d'enseignante pour l'amener dans un chantier forestier, loin de ce trop cher beau-frère qui, de surcroît, était le curé de sa paroisse! Alors que plusieurs lettres retraçaient en détail la naissance et l'étonnante évolution de cette longue liaison, d'autres décrivaient les faits et gestes des bûcherons ou ceux des enfants de l'épistolière. Sans dissimuler les dures réalités de la vie en forêt, Madeleine rapportait également des anecdotes amusantes dont quelques-unes me parurent plutôt osées!

Il me tardait de savoir comment d'autres personnes réagiraient à toute cette histoire. J'appelai Marie. La rédaction de sa thèse lui laissait bien peu de loisirs, mais après m'avoir écoutée lui lire quelques extraits, elle me demanda de lui expédier le tout au plus vite.

Sa lecture terminée, elle me téléphona, tout emballée, prête à publier les lettres sur-le-champ. Elle se disait fascinée par le problème de communication qu'elle y diagnostiquait. À l'entendre, la correspondance avait sauvé sa tante de la dépression, ce qui fournissait une preuve du potentiel thérapeutique à la fois de l'écriture et de l'humour! Sans aller aussi loin, j'étais d'accord que ces lettres méritaient d'être connues. Elles constituaient un témoignage sur des aspects de la vie acadienne qui, à ma connaissance, avaient été fort peu étudiés.

Madeleine étant décédée, les lettres appartenaient légalement au dernier survivant du côté de Louis : le père de Marie.

Or celui-ci, sans même les avoir toutes lues, nous interdisait formellement de les publier! Selon monsieur Arsenault, la publication salirait la mémoire de deux personnes qui avaient été aimées et respectées de tous. De plus, elle mettrait dans l'embarras la famille de Madeleine qui était l'une des plus connues en Acadie. Deux de ses frères, toujours vivants, avaient occupé des postes très importants. Ils seraient vexés que les amours clandestines de leur sœur soient étalées au grand jour. Il fallait aussi épargner les enfants de Madeleine qui, paraît-il, avaient déjà beaucoup souffert.

J'étais convaincue que monsieur Arsenault changerait d'avis si nous lui présentions un manuscrit suffisamment retouché pour préserver l'anonymat des personnes impliquées. Marie, tout en affirmant que son père revenait rarement sur ses décisions, se montrait prête à tenter l'expérience. Elle acceptait de faire taper les lettres si je me chargeais du reste.

Pour brouiller les pistes, je changeai tous les noms de personnes. Ceux des villages furent remplacés par des abréviations, mais il ne me parut pas nécessaire de modifier le nom des villes. Comme précaution supplémentaire, je pris soin de décaler de quelques années les dates mentionnées. Il me répugnait de mutiler même aussi légèrement le texte original, mais je me consolais à l'idée que c'était le prix à payer pour sauver les lettres de l'oubli.

Monsieur Arsenault me renvoya le manuscrit en m'expliquant que même rebaptisés, les bûcherons dont il était question restaient reconnaissables. Par ce biais, il était possible, d'après lui, de retracer les propriétaires du chantier. Ces riches anglophones avaient des descendants qui, disait-il, avaient «le bras long». Étant donné que certains passages mettaient en évidence l'exploitation des Acadiens par cette famille peu scrupuleuse, il craignait que des représailles ne viennent compromettre la brillante carrière politique de son fils.

J'avais bien du mal à partager ses inquiétudes. Le camp dont parlait Madeleine ne pouvait pas être bien différent de ceux de cette époque. Quant aux incidents rapportés dans les lettres, ils auraient pu se produire dans n'importe quel de ces camps. Mais monsieur Arsenault voyait déjà les journalistes en train de faire leur petite enquête.

J'essayai de lui montrer que ses craintes étaient exagérées. Les conditions de travail déplorables des bûcherons ayant été maintes fois dénoncées par les médias ces dernières années, les lettres ne fourniraient pas grand-chose aux journalistes en mal de nouveaux scandales. Je fis valoir également que des reportages éventuels pouvaient tout aussi bien avoir pour effet l'amélioration du sort des bûcherons. Ne m'avait-il pas dit lui-même que son frère Pierre avait attrapé sa mort dans un camp mal chauffé?

Bien que sensible à mes arguments, il n'en exigea pas moins la suppression des phrases qu'il avait soulignées. Je me résignai finalement à biffer quelques-uns des passages incriminés; la plupart étaient très courts et sans importance. Le plus long décrivait une scène de violence. Parce que cette scène pouvait avoir une certaine portée sociologique, je trouvais regrettable de la censurer, mais il était évident que monsieur Arsenault tenait à la voir disparaître.

Entre-temps, Marie avait obtenu son doctorat. En m'invitant dans sa famille pour fêter l'événement, elle me demanda d'apporter la version expurgée. Peu après mon arrivée, elle choisit une lettre qu'elle me pria de lire. Les applaudissements crépitèrent, on en redemanda et je dus poursuivre la lecture du manuscrit jusque tard dans la nuit.

Devant l'enthousiasme de la famille, monsieur Arsenault décida de se montrer à la hauteur de la situation. Il déclara que même si toutes ses exigences n'avaient pas été respectées, il ne s'objecterait pas à la publication de la présente version.

Pour ce *nihil obstat*, Marie et moi tenons à lui exprimer ici notre vive reconnaissance.

B. River
Le 12 août 1953

Cher beau-frère,

C'est dans le regard de mes enfants que je trouve la force, l'audace peut-être, de t'écrire. Sans la nécessité où je me trouve de te demander ton aide à leur sujet, jamais je n'aurais pu me résoudre à prendre la plume. La fierté, vois-tu... ou l'orgueil. Peu importe, j'aurais attendu que tu fasses les premiers pas.

La vérité, c'est que j'ai attendu... Quarante jours, exactement! Le temps de m'apercevoir que tu profites de mon «exil» pour m'oublier. Oh, je ne te fais pas de reproche. Je me dis que je n'ai pas su t'inspirer des sentiments assez forts pour résister à l'absence. Tant pis! Je ne peux blâmer personne d'autre que moi.

Si je ne me scandalise pas que tu m'abandonnes à mon sort, je ne peux tout de même pas accepter ton silence vu qu'il affecte aussi deux innocents qui s'attendaient à autre chose de leur oncle adoré. Bien sûr, ils ont de tes nouvelles par ta mère, qui nous écrit fidèlement toutes les semaines. Même si ces lettres sont très appréciées, elles ne peuvent régler le problème que je voudrais t'exposer.

Voici en gros de quoi il s'agit : les enfants sont de plus en plus persuadés que tu vas bientôt venir nous voir! Plus j'essaie de les détromper, plus ils parlent de ta visite comme d'une chose certaine. Ils se disputent même à propos de ce que tu leur apporteras!

Yvonne est convaincue que tu n'oublieras pas le carrosse de sa poupée. (Elle ne sait pas que Pierre l'a volontairement laissé à la maison parce qu'il prenait trop de place.)

– C'est ben une fille! répond Michel avec tout le mépris des garçons de six ans. Croire que mon oncle Louis va s'intéresser à des bebelles de même!

La petite ne se laisse pas décourager par ces remarques :

– C'est lui qui me l'a construit, réplique-t-elle du tac au tac. Il doit savoir que pour moi, promener ma catin, c'est ce que j'aime le plus au monde.

Michel prédit que ta canne à pêche fera partie de tes bagages. Il en possède déjà une que son père l'a aidé à se fabriquer avec une branche de vergne, mais il n'a eu jusqu'ici que très peu de succès. Il croit qu'avec un instrument aussi perfectionné que le tien (c'est le moulinet qui l'impressionne), il assisterait à une pêche miraculeuse. D'avance, il a marqué l'endroit où il compte te faire jeter ta ligne. Aux dires des connaisseurs, on y attrape parfois des truites de 18 pouces et plus! Avis aux amateurs...

Quand j'explique à mes deux rêveurs que tu es très occupé, ils me regardent avec de grands yeux et sortent leur principal argument : «Oui, mais il doit tellement s'ennuyer de nous autres!»

Que veux-tu que je réponde à cela? Je te le demande. Et quand je leur parle de la distance, Michel prétend qu'un tel voyage peut se faire en une heure ou deux. Là-dessus, je lui fais remarquer que pour venir ici, il nous a fallu une demi-journée. Il prend alors un petit air qui exprime son découragement d'avoir une mère si peu au courant des merveilles que peut accomplir ton automobile.

– On est venu dans une vieille Ford! La Dodge neuve de mon oncle, c'est pas pareil, ça peut aller beaucoup plus vite. Et lui, il sera pas obligé de s'arrêter toutes les cinq minutes à cause d'une petite fille qui vomit partout!

Pour prendre sa revanche, sa sœur souligne que c'est à cause de lui qu'il a fallu s'arrêter deux fois pour satisfaire des besoins qu'elle ne juge pas plus propres que sa nausée.

Tu vois que leur rivalité habituelle n'a pas disparue. Je ne m'en inquiète pas trop, car elle ne se manifeste que sur des points sans importance. Elle ne les empêche pas de s'entendre dès qu'ils ont intérêt à le faire. Le cas de ta visite en est un bel exemple. Ils peuvent passer des heures à se quereller sur des détails, mais sur le fond, ils sont d'accord : tu es à la veille d'arriver!

J'en suis au point où je me demande si j'ai le droit de briser leur rêve. Pourquoi les priver du moyen qu'ils semblent avoir imaginé pour rendre plus supportables leurs nouvelles conditions de vie? N'est-il pas normal de se faire des «accroires» dans certaines circonstances?

Cela dit, sachant toute l'affection que tu as pour eux, je m'en voudrais de t'affliger en te laissant penser qu'ils sont très à plaindre. Sois tranquille, sur certains points on peut même dire qu'ils s'adaptent de façon remarquable. Par exemple, ils trouvent amusant de dormir sur des paillasses et d'écouter le bruit de la pluie sur le toit de la cabane. De plus, ils ont inventé un jeu qui diminue le désagrément de se rendre à la toilette dehors, le soir : celui ou celle qui termine tous les préparatifs du coucher avant l'autre gagne le droit de dormir dans le lit du haut! (Moi qui redoutais de les voir bouder les lits superposés...)

Au fond, notre style de vie primitif semble moins les déranger que le manque d'amis. C'est surtout le cas depuis le départ de la famille Thibodeau. Georges, l'aîné, a le même âge que Michel. Ils s'entendaient à merveille, ces deux-là. L'après-midi, ils assistaient ensemble au «grand conte». C'est ma façon de préparer Michel aux leçons que je commencerai de façon plus sérieuse en septembre. Je raconte une longue histoire où j'ajoute, selon le cas, un peu de géographie, de science naturelle ou de morale.

Si je ne craignais d'abuser de ta patience, je te parlerais de la maman de Georges et te décrirais dans quelles circonstances cette famille a levé le camp...

Je crois entendre la réponse que tu me faisais toujours quand j'exprimais ma crainte de te fatiguer avec mes problèmes d'élèves indisciplinés.

– Il faut tout me raconter, disais-tu. Si ça ne m'intéresse pas, je promets de me fermer les oreilles.

Mais tu ne les fermais jamais! La preuve, c'est que toutes tes questions étaient justes et m'aidaient même à trouver une solution.

Dans le cas de madame Thibodeau, il n'y a pas de problème à résoudre. Mais son histoire (que je m'apprête à te raconter, tu me vois venir...) contient des renseignements utiles quand on sait lire entre les lignes.

La mère de Georges, je le sentais, n'aimait pas beaucoup mon idée de préparer les enfants à l'école. Elle ne disait rien, mais elle s'arrangeait toujours pour appeler son fils trois ou quatre fois. Elle finissait par venir le chercher pour qu'il aille jouer avec ses deux petites sœurs.

Un jour, elle arriva pendant que j'aidais Georges à tracer les lettres de son nom sur l'ardoise de Michel. La pauvre femme parut complètement affolée. Elle commença à parler, puis éclata en sanglots.

– Je peux pas passer une autre hiver icitte, répétait-elle à travers ses larmes.

Elle se mit à m'expliquer pourquoi elle voulait absolument partir, mais j'avais beaucoup de mal à la suivre. Je sais maintenant ce qui rendait son discours si difficile à comprendre : la pauvre femme cherchait à me décrire ce qui la faisait souffrir ici, mais en même temps, par charité envers moi, elle essayait de ne pas me peindre un portrait trop sombre de ce qui m'attend. Comme toute femme mariée qui se respecte, elle voulait aussi éviter de dire du mal de son mari... Allez donc parler clairement dans des conditions pareilles! Comment dire le fond de sa pensée quand il faut éviter à la fois de trahir l'un et d'inquiéter l'autre! Problème de bien des femmes, peut-être...

Je finis par deviner qu'elle redoutait de perdre aux yeux de son mari la seule excuse qu'elle pouvait utiliser pour retourner sous peu dans son village : l'obligation pour son fils de fréquenter l'école. Si j'acceptais Georges comme élève, son mari refuserait de la ramener chez elle comme il comptait le faire dans quelques jours. Elle serait donc forcée de passer un autre hiver dans le bois.

– L'hiver passé, j'ai manqué me chavirer, disait-elle.

Je fis de mon mieux pour la rassurer aussitôt en lui disant que je n'avais ni l'intention ni, probablement, le droit d'ouvrir une école.

Mes paroles parurent la calmer. Elle essaya alors de diminuer un peu la portée de ce qu'elle avait dit plus tôt. Elle ne voulait surtout pas me laisser l'impression que l'hiver risque d'être plutôt pénible. Elle soutenait que tout se passerait bien pour moi; que sa sœur avait passé trois hivers de suite ici sans problème; que tout le monde était bien gentil; qu'on ne manquait ni de nourriture ni de bois de chauffage; que les enfants s'occuperaient à marquer les billots avec de la peinture, à tendre des collets à lièvres et à dévaler la pente du ruisseau en traîneau; que j'aurais sans doute la visite de ma parenté et que, bref, si on s'ennuyait dans un chantier, c'était uniquement parce qu'on était une fille gâtée comme elle, cadette d'une famille de 15 enfants qui l'avait toujours «dâdichée» depuis qu'elle était au monde.

Elle tâcha aussi de louanger, après coup, son mari.

– C'est un bon travaillant pis un bon pére de famille. J'aimerais juste qu'y comprenne que les sapins pis les bouleaux, c'est pas assez pour moi. J'ai besoin de vivre parmi le monde, moi, pas avec une bande de...

Elle me regarda, s'interrompit, tourna la tête en direction de son fils et lui ordonna de rentrer une brassée de bois. Sans rien ajouter, elle s'en retourna dans sa cabane. La semaine suivante, elle était repartie dans son village.

Depuis ce temps, Michel et Yvonne se trouvent donc dans une situation assez unique : ils sont entourés de 47 (!) adultes, presque tous des inconnus puisque la plupart ne sont pas de notre paroisse. Sauf quelques exceptions, ces gens paraissent bien aimer les enfants, mais ils ne savent pas toujours se faire comprendre. Quelques-uns ne parlent même pas français. D'autres le parlent avec un accent et des expressions nouvelles pour les enfants (et souvent pour moi aussi!). Parfois, ils utilisent des phrases et des gestes que les enfants interprètent complètement de travers. Il n'est pas toujours facile de distinguer entre la claque qui se veut une marque d'affection et celle qui est une punition. Surtout quand le geste est accompagné d'une remarque comme celle qu'a reçue Yvonne l'autre jour :

– T'es donc ben laide! J'ai jamais vu une petite fille plus laide que toi. À ta place, j'irais me cacher dans le privié, pis je sortirais yinque quand c'qu'y fait noir.

Il m'a fallu une heure pour la convaincre que le monsieur, en réalité, la trouvait jolie et cherchait à lui dire que sa présence lui faisait plaisir.

Michel aussi se plaint des manières un peu rudes de tous ces hommes qui se disent ses oncles. Même si quelques-uns de ses «vrais» oncles – sans parler de son propre père – n'ont pas toujours des comportements bien différents de ceux des gars d'ici (je ne pense pas à toi, mais plutôt à ton frère Bernard qui ne manquait jamais de lui «mêler les poux» en lui jouant dans les cheveux), c'est la présence continuelle d'un aussi grand nombre de farceurs qui crée une atmosphère un peu énervante pour un enfant. Quelques-unes des farces qu'ils lui font me rappellent les tours que l'on te jouait au pensionnat. Ce que tu m'as raconté de cette époque me dispense de te donner plus de détails. Tu imagines sans peine les mille et une taquineries qui s'inventent ici jour après jour.

Tout cela n'est pas bien grave, c'est évident. Les enfants s'y habitueront, comme au reste. Peut-être même plus rapidement que je ne le souhaiterais, dans certains cas...

Entre-temps, ils se consolent à l'idée de t'accueillir bientôt dans notre humble demeure. Dernièrement, ils vont même jusqu'à imaginer que ta mère va t'accompagner! Il est temps pour toi de faire quelque chose, me semble-t-il. Je n'ai ni à te dire ce que je souhaiterais que tu fasses, ni à te décrire la distance que je devine entre le monde des rêves et celui des possibilités... ou des convenances...

Excuse-moi de t'avoir écrit si longuement. Au départ, je ne voulais te lancer qu'un court S.O.S. Je me suis laissée aller à la douceur de te parler de ces deux petits à qui tu as tant de fois prouvé ton attachement.

Ta toute dévouée belle-sœur,
Madeleine

B. River
Le 24 août 1953

Cher ami,

Si tu pouvais voir la mine réjouie des enfants, tu serais récompensé de toute la misère que tu t'es donnée. Jamais je ne les ai vus aussi heureux depuis notre départ en «exil». Merci mille fois d'avoir répondu à mon S.O.S. avec autant de rapidité. Et de génie!

Michel croit maintenant avoir la preuve que tu lis dans ses pensées.

– Un moulinet! Un moulinet! répète-t-il. Comment qu'il a fait pour savoir que j'en voulais un?

Je me garde bien de répondre...

Yvonne, elle, a eu un moment d'affolement devant son carrosse tout en morceaux. Elle a cru qu'on lui avait joué un mauvais tour. Elle s'est vite ressaisie quand elle a vu les clous. En passant, je te félicite de ta prévoyance. L'assemblage que j'aurais pu faire avec les gros clous qu'on trouve ici n'aurait pas été aussi réussi. Par contre, grâce aux tiens, je ne suis pas mécontente du résultat. La chère enfant est partie le montrer à Mathilde, la cuisinière du grand camp. Je l'ai entendue confier à sa poupée en partant :

– Je te l'avais dit que j'avais bientôt fini de te promener dans mes bras. Je savais que mon oncle Louis trouverait un moyen...

Les explications que tu leur donnes au sujet de ta visite ont semblé les satisfaire. Sans leur enlever tout espoir, tu as su leur faire comprendre qu'il vaut mieux ne pas se faire trop d'illusions. Tes arguments sont clairs et tout à fait à leur portée. En les lisant aux enfants, je me disais que tu n'as rien perdu de tes qualités de pédagogue. J'y trouve la même logique, la même finesse qu'à l'époque où tu avais la bonté de consacrer tes loisirs à parfaire mon instruction. Ah! que donnerais-je pour me retrouver en train d'analyser avec toi un texte d'Alphonse Daudet ou de Victor Hugo...

Bon! Voilà que je deviens nostalgique. Arrêtons-nous là. Je continuerai quand je me serai remise...

Le lendemain matin

Coup de théâtre à B. River. Une catastrophe sans précédent dans les annales de la région a bien failli se produire dans notre paisible camp de bûcherons. Eh oui! Hier soir, à la tombée de la nuit, un pauvre être sans défense a évité de justesse la blessure à coup sûr mortelle qu'allait lui infliger un criminel de ta connaissance. Pourquoi te le cacher? Ce criminel, pardonne-moi de te le dire de façon aussi brutale, c'est toi!

Qui l'eût cru, hein? Qui oserait imaginer, en effet, que cet homme à l'air inoffensif, à qui on aurait donné le Bon Dieu sans confession (comment faire autrement quand, pour des milles à la ronde, il est le seul à détenir un brevet de confesseur!) bref, que ce curé pouvait commettre un acte aussi révoltant? Personne! Mais hélas! les preuves accablantes que je possède pèsent contre lui de tout leur poids. Notre seule consolation dans cette dramatique histoire, c'est que les conséquences de l'acte ont pu être évitées à temps, grâce à un couple d'anges gardiens habiles et courageux.

Inutile d'interrompre ici ta lecture pour adresser à ces anges une prière d'action de grâce; la suite du récit t'indiquera pourquoi il serait préférable de préparer plutôt un acte de contrition. Qu'il te suffise pour l'instant de noter que l'emploi du masculin dans l'expression «un couple d'anges» est parfaitement correct. Tu aurais intérêt à ne pas te laisser distraire par ce qui pourrait te paraître une faute de français. L'instant est trop solennel et le délit trop grave pour que tu t'adonnes à ton passe-temps favori. Je te conseille également de ne pas chercher à savoir trop rapidement ce dont on t'accuse. Ta belle habitude de lire la fin d'un roman avant le début pourrait, dans ce cas-ci, te jouer un vilain tour. Tu n'imagines tout de même pas que la clef de l'énigme – qui, je le sais, t'échappe encore à ce point-ci de ma lettre – te sera remise trop facilement. Après la faute que tu viens de commettre, il convient que tu fasses preuve d'humilité et de retenue. La vérité dans cette affaire est si surprenante qu'il faut la cacher dans le tournant d'une virgule ou sous les traces de certains points de suspension...

Maintenant que je t'ai fait frire à feu vif, je vais te laisser mijoter sur le coin du poêle pendant que je te fournis les détails essentiels à la compréhension du drame. Saute un paragraphe ou deux si ça te chante, mais je te préviens que tu devras revenir sur tes pas avant trop longtemps. À ton aise!

Le tout a commencé quand j'ai reçu ta lettre. Tu t'étais appliqué à trouver pour chacune de tes ouailles une parole amicale et réconfortante. Tu ne m'avais pas précisé ce qu'il fallait en faire, mais c'était clair que tu comptais sur moi pour transmettre ces messages. C'est ce que je décidai de faire en demandant à Pierre de réunir les hommes dans notre cabane après le souper. Comme, dans chacun des cas, tes phrases étaient louangeuses, je crus bon de lire oralement toute cette partie de ta lettre. Je faisais des pauses fréquentes afin de permettre aux paroissiens de réagir aux compliments et aux taquineries.

J'étais rendue presque à la fin quand je remarquai l'agitation de Gonzague. Il gigotait si fort sur sa bûche et me regardait avec une telle excitation que je m'interrompis pour demander si quelque chose n'allait pas.

– Le temps me dure que mon tour arrive, répondit-il.

C'est à ce moment-là que je me rendis compte...! Pauvre Gonzague, lui sur qui les orages n'ont cessé de s'abattre depuis sa naissance et qui porte encore les marques de l'épreuve que tu sais... Je me sentais incapable de lui faire un pareil coup. Je le regardai dans les yeux en souriant pendant quelques secondes, puis je murmurai en clignant de l'œil :

– Tu vas être content!

Je repris ma lecture là où je l'avais quittée et quand j'eus prononcé la dernière de tes phrases, j'enchaînai, d'un souffle :

– Je garde pour le dessert mon bon ami Gonzague que je porte dans mon cœur. Je suis convaincu que ses souffrances ne l'empêchent pas d'être attentif aux autres et de rendre la vie belle à ceux qui l'entourent. Promettez-moi de lui dire que je prie chaque jour pour l'obtention de la faveur que la Sainte Vierge ne saurait tarder de lui accorder.

Le style n'est pas tout à fait le vôtre, mais le pauvre garçon ne s'est aperçu de rien. Il en bavait de joie.

– Il a dit ça? Il a dit qu'il me portait dans son cœur et que j'arais la faveur?

Il se mit à tourner dans la petite pièce qui nous sert de cuisine, de salon et de salle à manger. Avec les six* hommes qui s'étaient joints à nous, cela faisait dix personnes dans un endroit à peine plus grand que ta cuisine d'été! Dans son énervement, il s'accrocha le pied, trébucha et renversa le seau d'eau à boire.

Je profitai du brouhaha qui s'ensuivit pour ranger la lettre. En la glissant sous les assiettes, je pressentais, je crois, la catastrophe qui se préparait... Elle ne tarda pas à se produire, en tout cas.

– Madame Madeleine, montrez-moi la lettre, s'il vous plaît!

À ce moment-ci du drame, j'avais un urgent besoin qu'un autre ange gardien prenne la relève et se charge cette fois-ci de protéger également celle qui était devenue ta complice. C'est ce que fit Pierre, qui, bien entendu, avait tout deviné. Il mit les deux mains sur les épaules de Gonzague et lui dit à peu près ceci :

– Une lettre, c'est personnel. Celle-là est adressée à Madeleine. Personne d'autre a le droit de la lire, même pas moi. Je connais mon frère; il t'écrira une lettre à toi tout seul si

---

* Seul Timon n'est pas venu. Il prend vraiment au sérieux son travail de contre-maître, c'est pourquoi nous le voyons très peu. J'irai donc lui porter ton message à sa cabane, où il habite seul, de l'autre côté de la rivière.

tu prends la peine de lui envoyer quelques mots. Madeleine t'aidera, si tu veux.

Voilà ce qui s'appelle un beau geste fraternel. Tu reconnaîtras qu'il t'aide à t'en tirer la tête haute.

Il est temps de retourner à ma marmite où je t'ai laissé cuire dans ton jus. Misère! Ça déborde et ça risque de faire du dégât. Essayons de réparer tout cela en reconnaissant que cette omission, je le sais fort bien, n'était pas volontaire. Pour rien au monde, tu ne voudrais faire de la peine à Gonzague (ou à qui que ce soit, j'imagine...). Sans doute as-tu cru qu'il était parti rejoindre son frère au chantier de C., comme il en avait d'abord eu l'intention.

À ma courte honte, je dois confesser que tu n'es pas le seul à avoir péché par omission. Dans la version selon Pierre, en tout cas, ton humble servante (au sens très figuré du terme, il va sans dire) n'aurait pas nommé les bûcherons qu'il fallait inviter à la lecture de la lettre pastorale. Le messager est prêt à manger les boutons de sa chemise si sa femme peut lui prouver qu'elle n'a pas dit «tous les paroissiens».

Or, celle-ci n'a, pour se défendre, que sa mémoire et le témoignage de deux enfants. Elle consent donc à reconnaître les torts qu'on lui reproche, sachant que la preuve de son innocence entraînerait pour elle un surcroît de travail. Toute personne qui connaît Pierre sait qu'il est bien capable de les manger, ses boutons! Et son épouse, étant de par son sexe automatiquement membre de l'Ordre de la Boutonnière, se verrait obligée de les remplacer. Quelle tâche ce serait de trouver exactement ce qu'il faut. C'est le cas de dire que ça ne pousse pas sur les arbres!

À bien y penser, il y aurait donc, comme on dit dans *L'Évangéline*, «des circonstances atténuantes» qui diminuent ta culpabilité. À défaut d'un magistrat qui pourrait te déclarer innocent, je me permets d'échanger la soutane que j'ai revêtue hier soir contre la toge de juge qui m'autorise à prononcer une sentence. Si celle-ci peut paraître légère, c'est que la juge pense que le coupable (pardon!, l'accusé) saura faire amende honorable...

En vertu des pouvoirs que je viens de me donner, je te condamne donc... à lire le récit qui va suivre. Puisses-tu en tirer la leçon qu'il contiendra, quelque part, entre les lignes. Le style de tes lettres ne s'en portera que mieux, ce qui ne fera qu'ajouter au plaisir de ta correspondante...

Quand l'auteur de ces lignes n'était encore que fiancée, elle écrivit à sa sœur Émilie pour lui faire part de ses projets de mariage. Celle-ci manifesta clairement qu'elle n'approuvait pas du tout. «Une fille qui s'est frottée à Virgile et Cicéron et qui lit le latin* aussi bien que le français et l'anglais ne peut prendre pour mari un bûcheron qui ne sait peut-être pas lire.»

La jeune promise remercia son aînée de ses conseils bien intentionnés, mais lui déclara qu'elle ne pouvait les suivre. Les heures que leur frère David avait passées à les initier, toutes les deux, au latin ne lui avaient pas enlevé le désir de fonder un foyer, écrivait-elle. Et puis, il émanait de son bûcheron une telle joie de vivre que c'en était contagieux. Depuis qu'elle l'avait rencontré au mariage de leur cousine, elle avait retrouvé un peu de la gaieté qu'elle croyait avoir perdue à tout jamais à la mort de sa mère. S'il ne lui avait pas tourné la tête comme seul un homme plus instruit aurait pu le faire, elle soutenait qu'il avait su lui faire une bonne impression par sa franchise et sa générosité. Contrairement à leur vieille tante institutrice qui, sa vie durant, avait attendu d'être charmée par quelque savant «gentleman», la normalienne (déjà orpheline de père et de mère, rappelons-le) se disait prête à se montrer moins exigeante du côté des diplômes, pourvu qu'elle y trouvât son compte du côté des qualités humaines.

Notre «héroïne» ne souffla mot à personne des opinions de sa sœur. C'est pourquoi elle fut si surprise quand, trois jours avant la date fixée pour le mariage, le fiancé, furieux, lui demanda pourquoi elle lui avait caché ses sorties avec ce «Vergail» et ce «Cessiron» qui, avec des noms pareils, devaient être des Anglais ou, pire encore, des «étranges» venus des vieux pays!

---

* Elle exagérait beaucoup. Le révérend professeur s'en est rendu compte dès le premier examen de latin qu'il corrigea... N'est-ce pas?

Si elle ne comprenait pas comment Pierre avait pu mettre la main sur la lettre d'Émilie, elle saisissait fort bien qu'elle ne pourrait plus désormais échanger en toute liberté avec sa confidente de toujours.

Elle regarda son fiancé droit dans les yeux et s'entendit prononcer une phrase lourde de conséquences. Elle s'étonna elle-même du ton plutôt sec qui était tout à coup devenu le sien :

– Je refuse d'épouser un homme qui lit mon courrier sans ma permission, dit-elle en claquant la porte.

Pierre la rattrapa dans l'escalier et jura ses grands dieux que jamais plus il ne lirait une seule ligne de sa correspondance.

Avait-il pressenti que peu de temps après, c'est lui qui aurait intérêt à ce que toute lettre soit considérée comme confidentielle? Toujours est-il que lorsque survint la querelle autour de l'héritage que lui laissait son parrain, c'est ce droit sacré qu'il invoqua pour garder secrète toute la correspondance qu'il entretenait avec la fille du défunt, qu'il avait baptisée «la diablesse des États».

Ce qui s'est passé hier soir fait donc partie d'une longue tradition avec laquelle ni lui ni personne ne croient utile de rompre... À bon entendeur, salut!

Ton éternelle complice,
Madeleine

B. River
Le 6 septembre 1953

Cher «entendeur»,

Les «Quelques fleurs à ma dame» sont arrivées hier... C'est peu de dire qu'elles me bouleversent jusqu'au plus profond de mon être.

Voilà bien dix fois que je trempe ma plume dans l'encrier. Chaque fois, je la laisse sécher. Les mots ne viennent pas...

Le fait est que je traîne un peu les ailes aujourd'hui. Mathilde, la cuisinière, dit que je fais le «câgou». Cela s'explique en partie parce que j'ai passé la nuit au chevet d'Yvonne. La pauvre petite délirait à cause d'une forte fièvre qui s'était déclarée peu après le souper. Ne sachant à quel saint me vouer, je lui faisais des frictions à l'eau froide qui la calmaient pendant une petite heure.

Quand je la voyais s'assoupir, je m'étendais à côté d'elle pour prendre un peu de repos. J'avais à peine le temps de fermer les yeux qu'une image, toujours la même, se présentait : tu arrivais, tout de rouge vêtu, et m'emportais avec toi à travers ciel sur un grand cheval blanc. Cette trop belle scène me laissait haletante et trempée de sueur.

Au petit jour, inquiet de nous voir, Yvonne et moi, si affaiblies, Pierre parla d'emprunter la «jeep» du camp pour aller chercher le médecin à T. La démarche qui, en tout, aurait pris environ trois heures, me paraissait trop coûteuse. J'étais cependant émue de voir Pierre se faire autant de tracas pour sa fille adoptive... Je réclamai plutôt une infusion d'herbe à dinde avec laquelle Mathilde semble guérir tous les maux. Cette plante pousse en abondance dans la clairière derrière la cabane.

Grâce aux bons soins de Mathilde, Yvonne se sent maintenant assez bien pour s'adonner à l'un de ses passe-temps préférés : enfiler des pommes de pin, qu'elle appelle «borlicocos», comme sa guérisseuse.

La tisane a eu sur moi aussi un bon effet. Elle a fait tomber ma fièvre. Je n'en demande pas plus pour l'instant...

Michel, lui, est inquiet, je le sens. Il travaille à son herbier, comme je le lui ai demandé, mais il me guette du coin de l'œil.

– Pourquoi vous buvez votre thé les yeux fermés? m'a-t-il demandé tout à l'heure.

Puis il a ajouté en me caressant les cheveux : «Si vous êtes guérie, allumez vos yeux.»

À son âge, il ne peut comprendre que l'on veuille parfois rentrer en soi-même pour mieux respirer le parfum troublant de certaines «pensées»...

J'hésite à t'envoyer cette lettre. Je crains que tu ne trouves ton amie bien fragile et bien ridicule. Peut-être songeras-tu à la punir en reprenant ton style «pastoral». N'en fais rien, je t'en supplie. Il reste encore plein d'herbes sauvages sur la colline...

Ta languissante,
Madeleine

P.-S.

Je m'aperçois que dans ces quelques lignes, il n'y a à peu près rien qu'en toute honnêteté tu pourrais lire à ta mère. Celle-ci ne t'épargnera pourtant pas la lecture de la lettre que je venais de lui écrire quand j'ai reçu la tienne. Comme j'y traite abondamment des enfants, tu risques même d'en entendre parler pendant des jours.

Pour que tu aies quelque chose à offrir en échange, je vais raconter, sur feuille séparée, un événement dont j'ai été témoin ces jours derniers. J'espère ne choquer personne par son aspect «couleur locale». L'écriture est de loin le meilleur remède que je connaisse contre la langueur...

La dent de Clarence

Depuis une quinzaine de jours, Clarence à Jos souffrait d'une rage de dent. Au début, il réussissait quand même à garder sa bonne humeur.

– Veux-tu rencontrer la forlaque qui m'a pourgalé toute la nuit? disait-il à tout un chacun.

Et si l'on avait le malheur de répondre oui, il ouvrait toute grande la bouche et pointait avec sa pipe en direction de sa dernière molaire.

– C'est la grosse noire, en bas, dans le fond, à gauche, disait-il en essayant de retrouver son gros rire sonore que toute la paroisse lui connaît.

Au bout de quelques jours, cependant, il commença à trouver des mots beaucoup moins «affectueux» (si j'ose dire) pour parler de celle qui, à l'entendre, en voulait à son salut. Il la traitait de «bougrine», de «salope», d'«enfant de ...» et finalement, de «sanavagonne».

Pour soulager le pauvre homme, Mathilde avait épuisé tous les secrets de son art. Il ne restait plus qu'une solution : arracher la dent gâtée. Mais Clarence refusait, sans dire pourquoi. Il préférait endurer son mal et, du même coup, le faire endurer aux autres. En quelques jours, le joyeux compagnon s'était transformé sous nos yeux en un triste personnage. Il ne parlait plus, il grognait.

Si tout le monde pensait que c'était «ben de valeur», certains ajoutaient qu'il y allait un peu fort dans les lamentations, le Clarence. Mathilde était de ce nombre.

– Ça prouve, disait-elle, que les houmes sont pas aussi toffes qu'y en avont l'air! Chance que c'est pas zeux qui mettont les enfants au monde, y s'en releveriont jamais!

Les voisins de lit de Clarence faisaient des plans pour mettre fin à ces jérémiades qui les gardaient réveillés. On rapporta qu'on songeait à lui «bailler une gratte», ce que d'autres traduisaient par lui «sacrer une bonne dégelée».

Cette situation inquiétait Pierre. Non seulement parce que Clarence est son ami, mais parce qu'il est aussi son coéquipier. C'est lui qui abat et ébranche les arbres que Pierre, avec son cheval, tire ensuite jusqu'à la route, où ils sont chargés dans les camions des Smith. Dans le jargon d'ici, Clarence «bûche» et Pierre «yarde». Comme le salaire de l'équipe dépend du nombre de cordes «yardées au bord», tout ralentissement dans le rythme du travail de l'un est également ressenti par l'autre. C'est encore pire quand l'équipe n'est pas formée de trois hommes mais de deux, comme c'est leur cas.

Quand Pierre eut vent de ce qui se préparait du côté du grand camp, il essaya de persuader Clarence de se rendre chez le dentiste.

– Es-tu fou? lui répondit Clarence. Tu voudrais que je me rende à T.? On perdrait quasiment une demi-journée d'ouvrage, sacornol!

– Oui, mais y a pas moyen de faire autrement! poursuivit Pierre. Crois-tu que ta dent va se dégâter toute seule? Ou ben que le Saint-Esprit va descendre te faire une opération pis que t'aras juste à cracher ta dent le lendemain matin? En tout cas, si c'est un miracle que t'espères, faudrait changer de façon de le demander. Après tous les blasphèmes que c'te satrée dent-là nous a fait faire (toi, par le mal; moi, par la rage), le Gars-d'en-haut doit pas avoir envie de nous garrocher ses faveurs. Pis c'est pas avec l'argent qu'on a gagné dernièrement qu'on pourrait faire dire des messes, même si qu'on avait un prêtre à moins de cent milles d'icitte. On pourrait toujours te payer une couple de lampions, mais pour te dire la franche vérité, vaudrait mieux garder ça pour payer le dentiste.

En entendant à nouveau ce mot, Clarence sortit de ses gonds :

– Si t'arrêtes pas de me bâdrer avec ça, tu vas recevoir sus la gueule de quoi que t'aimeras pas. Ça te donnera une bonne raison d'aller le voir, ton dentiste, vu que t'as l'air de ben aimer c'te race de monde-là... Mêle-toi de ce qui te regarde, si tu sais quoi c'qu'est bon pour toi.

Vous voyez que notre paroissien n'était plus lui-même.

– Fais à ta tête, lui répondit Pierre, mais si que les gars de la *bunkhouse* décidont de te faire coucher dehors, compte pas sus moi pour te défendre. Moi aussi, je commence à en avoir plein mon casque... T'es plus endurable! Pourtant, je sus un homme patient, je peux en prendre beaucoup pis longtemps. Mais la patience, c'est comme une bride : des fois, ça casse... Pis là, *watch out*!

Après un moment, il ajouta :

– C'est rare que je m'enrage, mais quand c'que ça m'arrive, je peux faire de quoi de ben regrettable...

Quand on connaît Pierre, on sait qu'il n'est pas menteur!

Le lendemain, c'était dimanche. Vers les dix heures, Clarence se présenta chez nous, l'air très abattu. Il souffrait le martyre et se disait prêt à se vendre au diable.

Pierre prétexta qu'il avait «une grosse job à faire» et sortit. Il revint, peu de temps après, accompagné de Mathias, un grand six-pieds grisonnant qui a roulé sa bosse dans tous les chantiers et qu'on qualifie de «jack-of-all-trade» parce qu'il est très habile en tout. Par exemple, il n'a pas son pareil pour ferrer les chevaux. Il a même réussi à ferrer la jument de Romuald à Frank. Depuis que la Grande Grise s'était pris la patte dans un piège, personne ne pouvait lui toucher le sabot sans risquer de recevoir une bonne ruade. Mathias, on ne sait comment, parvint à la calmer. Les témoins vont jusqu'à prétendre qu'elle aurait renâclé de plaisir quand il lui a enfoncé son dernier clou. C'est vous dire que Pierre n'était pas allé chercher le premier venu.

Quand Clarence les vit arriver, il se leva précipitamment et se dirigea vers la porte.

– J'ai pas besoin de ce grand lingard-là pour m'estropier. Je pâtis assez comme c'est là, dit-il en ramassant sa casquette.

Pierre le saisit au collet et l'obligea à s'asseoir.

– Écoute, Clarence à Jos à Pacifique à Pierre à Docithé! T'as ben proche fini de me faire jurer après c'te mosus de dent-là. Le temps est venu d'y dire *good-bye*. C'est aujourd'hui que ça se passe, drouète icitte. Mathias va t'arracher ça, ça te coûtera pas une cenne pis t'en aras même pas connaissance.

Notre dentiste sortit de sa poche de salopette une pince qui me parut plus ou moins propre. Devant la stupeur muette du malheureux Clarence, je me sentais obligée de faire quelque chose. Je ne trouvai rien de mieux que d'offrir mes services pour nettoyer l'instrument. Mathias, qui semblait pressé d'en finir, se plaignait que je faisais «pas mal de *fuss* pour un sagouillon qu'a pas l'air d'avoir vu l'eau souvent depuis son baptême». Je fis semblant de n'avoir rien entendu et soulevai le couvercle du «coquemar». Heureusement, il restait encore un peu d'eau chaude.

Sur les entrefaites, le mari de Mathilde fit son apparition. Comme elle, il est originaire de M., ce qui explique leur manière un peu particulière de parler. Leur prononciation est parfois assez différente de la nôtre et ils emploient plus de mots anglais que dans nos villages. Il s'appelle Didace, mais tout le monde l'appelle «Pointu» à cause de son nez effilé qu'il a tendance, dit-on, à mettre un peu trop souvent dans les affaires des autres. Moi, je le trouve plutôt amusant.

– J'avons entendu dire qu'y allait aouère une grousse opération par icitte, lança-t-il à la cantonade.

– Pantoute! s'écria Clarence, à qui l'arrivée de Didace semblait avoir rendu la parole. Tant que j'arai ma tête à moi, parsonne va toucher à c'te dent-là.

– Ça serait-y que t'es un peureux? demanda Didace.

– Un peureux? Moi, qu'a vu des soldats allemands quasiment dans le blanc des yeux! Répète ça, si que tu oses!

– Ben si que t'as pas peur, pourquoi c'est faire que t'endures ton mal depuis 15 jours, pis que tu nous casses les oreilles avec tes lamentations? poursuivit Didace. C'est rendu que parsoune peut former l'œil de la nuit dans la *bunkhouse*. Quoi c'que t'espères pour faire un houme de toi? Va-t-y fallouère qu'on *call* la police? Moi, je t'avertis en ami : si tu te décides pas ben vite, les gars allont te faire arrêter! *Disturbing the peace*, c'est ça que tu vas attraper, pis tu seras pas mieux amanché.

— Satré t... de c... de Pointu! s'écria Clarence, en se jetant sur lui.

— Ça va faire! tonna Pierre en séparant les adversaires.

Le silence régna aussitôt dans la cabane. Clarence se rassit. Didace recula jusqu'à la porte. Dans une si petite pièce, la haute taille de Pierre, ses larges épaules et, surtout, sa voix si grave lui donnaient facilement des allures de chef. Il me fit signe de tendre la pince à Mathias, ce que je fis sans prendre le temps de la sécher.

Il se plaça alors derrière Clarence et lui fit ce que les hommes appellent ici «la clef du pendu» : il lui glissa son bras sous le menton et lui plaqua la tête contre sa poitrine. Mathias s'approcha, mais il dut voir que son patient était beaucoup trop tendu pour collaborer.

— Faut lui desserrer les mâchoires, dit-il. Fais-lui boire une bonne ponce de rhum, ajouta-t-il en sortant de sa poche de chemise un petit flacon qu'il tendit à Pierre.

— Une minute! s'écria Clarence. Je sus capable de me faire arracher une dent sans me soûler, moi! Je sus pas un fripeux de bouteille comme toi, sacornol! J'ai jamais pris une goutte de ma vie pis c'est pas à 38 ans que je vas commencer, mets-toi ben ça dans la tête, espèce de buvard*!

Clarence était si monté qu'il fallait craindre le pire. Je commençais à me demander si cette affaire n'allait pas se terminer par une catastrophe. Pour essayer d'arranger un peu les choses, je m'approchai de lui et lui dis à l'oreille :

— L'alcool peut parfois être utile. Mon grand-père, le docteur Léger, m'a raconté qu'il en avait fait boire à des femmes qui avaient de la difficulté à accoucher. Si j'étais toi, j'en prendrais.

Clarence me regardait par en dessous, incrédule.

— Allons, ajouta Pierre, pas d'enfantillages, cale-nous ce flasque-là, pour qu'on en finisse une fois pour toutes.

---

* La colère le faisait exagérer. Il est vrai que Mathias se vante de ne pas «cracher dedans», mais il ne boit jamais pendant la semaine. Il serait d'ailleurs renvoyé s'il le faisait. Tilmon est très sévère sur ce point.

Il obéit, avala tout – d'une traite – grimaça, frissonna de la tête aux pieds avant de s'essuyer la bouche sur sa manche de chemise. Puis il ferma les yeux et s'accota la tête contre le mur.

Après quelques minutes, Mathias s'avança, posa doucement sa main sur la joue de son patient et lui demanda d'ouvrir la bouche. Celui-ci s'exécuta. Mais quand le dentiste s'avisa d'examiner la gencive avec le doigt, il fut accueilli par un hurlement qui fit trembler les vitres.

Émue jusqu'aux larmes par sa souffrance, je me précipitai vers lui et fis ce que j'aurais fait à un enfant malade : je lui pris la main. Il se détendit aussitôt et ferma à nouveau les yeux. Didace décida d'ajouter son grain de sel.

– Moi, pour me faire minater* par une maîtrêse d'école, je serais *willing* de me faire arracher toutes les dents que j'ai dans la goule, déclara-t-il.

– Faudra que t'attendes après le dîner, répondit Mathias. Le dentiste a l'estomac rendu dans les talons.

Tout le monde se mit à rire. Clarence lui-même ne put réprimer un petit mouvement des lèvres qui hésitait entre le sourire et la grimace.

L'alcool commençait à faire son effet. Mathias en profita pour glisser son instrument dans la bouche que, de sa main gauche, il maintenait ouverte sans résistance apparente.

– Fais attention, lui conseilla Didace. Une dent gâtée, c'est fragile. Faut la serrer juste assez pour aouère une boune pougne, mais pas trop pour pas l'époutir.

– Toi, le Pointu, répondit Mathias sans perdre son calme et sans cesser de tirer sur la dent, tu me fais penser au *boss*. T'es pas capable de faire l'ouvrage, mais ça t'empêche pas de dire aux autres comment la faire, par exemple.

Clarence émettait une faible plainte continue et monotone. Par moments, il me serrait brusquement la main. Puis, l'instant d'après, il se détendait. Pendant tout ce temps,

---

* Caresser.

Mathias continuait de tirer, lentement, doucement. Il s'arrêta enfin pour reprendre souffle. Je remarquai que sa lèvre était couverte de sueur.

– A grouille pas d'un poil, la sanavagonne! On dirait qu'alle est coulée dans le ciment, dit-il en se grattant la tête. Mais j'en viendrai à boute! Je devrais-t-y la grémiller en mille miettes, je la sortirai de là ou je m'appelle pus Mathias à Phéléna.

Il décida alors de changer de tactique. Il demanda à Pierre de tenir la tête de Clarence dans ses mains. Il réclama une lampe de poche et montra à Didace à quel angle la tenir. Il me pria de m'installer un peu plus en arrière.

Comprenant que je l'avais sans doute dérangé dans ses mouvements jusque-là, j'offris de me retirer.

– Jamais de la vie! répondit-il. Y a rien qui fait plus de bien à un homme qu'une main de femme. Pas vrai, Clarence?

Celui-ci confirma mon utilité par un signe de tête et une pression sur ma main qui faillit me broyer les os.

Mathias écarta les jambes et se campa solidement sur ses pieds. Il se signa (à mon grand étonnement), s'arc-bouta au mur de sa main gauche et se remit au travail. Il tirait maintenant beaucoup plus fort. C'est du moins l'impression que me faisaient sa respiration haletante, la pression que je recevais sur ma main et la plainte de Clarence qui allait crescendo.

– Sors de ton trou, espèce de sconque! bougonnait Mathias, les mâchoires serrées.

Soudain, je sentis une sorte d'à-coup suivi d'un serrement puis d'un relâchement complet de la main que je tenais. J'aperçus alors la dent aux racines ensanglantées que Mathias présentait triomphalement au bout de sa pince.

– Il a gagné ses épaulettes, maluron, malurette, entonna Didace.

Je courus chercher un verre d'eau à Clarence. Pierre lui passa son crachoir.

– J'ai mal au cœur, murmura notre héros entre deux hoquets.

Les hommes eurent tout juste le temps de le traîner dehors. Quand je les rejoignis avec une serviette et un bassin d'eau fraîche, il était assis sur une souche, le visage tout pâle et l'air complètement perdu. Pendant que je lui débarbouillais la bouche et que Pierre jetait du brin de scie sur vous savez quoi, il laissa échapper quelques mots qui traduisaient, me semble-t-il, tout son malaise.

– Satrée boisson! murmura-t-il.

Puis, se cachant la figure dans la serviette, il éclata en sanglots.

Mathias et Pierre l'aidèrent à se rendre jusqu'à son lit où il s'endormit aussitôt.

B. River
Le 20 septembre 1953

Cher poète préféré,

Et de deux! Cette fois-ci, c'est vraiment «le bouquet». Il est même si odorant qu'il aurait pu me faire tourner de l'œil si je n'avais pas eu la bonne idée de boire ma tisane avant d'ouvrir l'enveloppe...

Quel poème! Quant aux émotions qu'il déclenche en moi...

Je ne sais que dire et surtout... que taire. La raison me conseille de passer sous silence certaines de mes réactions. Mais peut-on dissimuler la joie quand elle est immense et enivrante? Si je parle seulement de la peur qui me saisit quand je pense aux conséquences possibles de tes tendres paroles, je crains de donner trop d'importance à des inquiétudes que la situation actuelle ne justifie pas. À quoi bon gâcher le moment présent sous prétexte qu'un jour, nous pourrions être à nouveau réunis et que...

Tu vois que tes déclarations me jettent dans l'embarras. Pendant des années, nous avons refusé de parler de nos sentiments, sans doute parce que nous pressentions le dangereux pouvoir des mots. Et voilà que tu oses... Il faut que la solitude te soit bien lourde pour que tu fasses de tels aveux!

Par moments, j'ai envie de te rendre la politesse en te décrivant à mon tour ce que j'éprouve à ton endroit. (En prose... cela va de soi.) Quelque chose m'en empêche. Quoi, au juste? Il va falloir que je réfléchisse... Entre-temps, je pourrais toujours composer de longs paragraphes tout théoriques sur le sujet. Un discours dans le genre de ceux que je te servais le dimanche à l'époque où tu venais de t'installer dans la paroisse. Tu les appelais mes «dissertations», souviens-toi.

Je vois encore le sourire amusé que tu cherchais à cacher derrière ta tasse de thé.

– Sapristi! me disais-je. Il m'a eue encore une fois!

Je me promettais d'être plus prudente à l'avenir, mais le dimanche venu, tu me tendais un nouvel hameçon et je mordais.

La boëte prenait souvent la forme d'un proverbe. «Autre temps, autres mœurs», disais-tu, par exemple. Sans vraiment m'en rendre compte, je commençais à disserter. Petit à petit, je m'emballais. Les idées jaillissaient en foule dans mon esprit, et je les présentais avec toute la passion dont je suis capable, par moments...

Et toi d'écouter mon discours avec, en apparence, le recueillement que devaient avoir les disciples durant le Sermon sur la Montagne. Quel bon comédien tu ferais, mon sacripant! Tu ne m'écoutais que d'une oreille, avoue-le! De l'autre, tu guettais dans ma voix le changement de ton qui traduirait la fin de mon illusion.

Chaque fois, ce moment coïncidait avec le clou de mon argumentation. Tout enflammée, le verbe haut et les postillons lâchés «lousses», j'allais atteindre le point le plus élevé de mon crescendo quand je percevais tout à coup dans ton regard un éclair de gaieté qui jurait avec le sérieux du sujet traité.

La dissertation tournait court. Je fondais sur toi au galop de ma frustration et je te couvrais d'injures. Tu aurais mérité bien pire que mes amicales insultes, toi qui avais la cruauté de me laisser ainsi, «la patte en l'air», comme on dit. Je menaçais de te rendre la pareille en sortant avec fracas au beau milieu de ton prochain sermon. Tu répondais que j'étais bien trop curieuse pour le faire. Je te lançais une autre sottise et tu me la retournais au vol.

Cette joute verbale, qui nous faisait rire aux larmes, ne prenait fin que sur la douce intervention de ta mère. Croyait-elle vraiment que la partie allait tourner en «jeu de chiens», comme elle disait? Non. Je crois plutôt que son expérience de la vie lui faisait voir dans ces bruyants échanges un exercice de relâchement qui pouvait être utile s'il restait dans les limites du raisonnable.

Ces «querelles» étaient l'un des moyens auxquels nous avions recours pour transposer nos désirs sur un autre plan.

Nous en avions d'autres. Nos analyses littéraires étaient de ce nombre. Du moins au début... L'écriture serait-elle en train de prendre la relève? Tes deux poèmes (tes «nocturnes», comme tu dis) me font penser que ce moyen d'expression possède des pouvoirs insoupçonnés jusqu'ici... C'est à se demander si tu en es vraiment conscient. Sais-tu ce que peuvent engendrer les mots dans ce cas-ci?

Permets-moi une comparaison. Les vêtements n'empêchent pas le corps d'exister et ne le rendent pas invisible; même l'habit le plus épais n'en cache ni la forme ni le volume. Et pourtant, ce que la nudité fait apparaître dépasse la somme des informations inconnues jusque-là. Le corps dénudé acquiert une signification – je dirais presque une vie – nouvelle.

Autrement dit, vécus dans le silence, les sentiments ressemblent à une mélodie à l'état de partition. Exprimés, ils déclenchent une vibration qui... Ouf! N'insistons point. À la ligne.

Grande respiration. Étirement des bras. Gigotement des jambes. Changement de position. Et me voilà redevenue presque normale. Les joues encore un peu chaudes, d'accord, mais la tête presque froide. Continuons.

Durant toutes ces années, nous avons échangé sur mille et un sujets. Toutes les questions, semble-t-il, pouvaient être abordées. Toutes, sauf une : notre relation. Sans nous consulter, nous avions décidé de taire tout ce qui touchait de près ou de loin aux sentiments que nous pouvions éprouver l'un pour l'autre. Il est vrai que ce pacte n'interdisait pas les regards, qui pouvaient même être d'une éloquence... Quant aux gestes, ils ont été accomplis dans le silence, mais ils n'étaient pas pour autant muets... Ils criaient même si fort qu'une nuit, j'ai bien cru que tout le village risquait de se réveiller...

Nous en sommes maintenant réduits aux mots. Et ces mots que nous n'avons jamais prononcés, mais que tu oses écrire en toutes lettres, viennent mettre à nu la réalité de nos vies et créent, en quelque sorte, une autre réalité.

Alors que la femme-qui-est-en-relation-avec-toi se sent flattée par ces déclarations si bien tournées, la femme-de-l'autre, elle, en est profondément troublée. À l'époque où c'était l'autre qui était absent et toi qui partageais quelques heures de ma journée, ma situation n'était pas sans problème, mais elle était plus claire et plus vraie. Tu ne saurais croire comme il m'est difficile de vivre une double vie, et pourtant, je ne peux, pour l'instant, échapper à ce qui la crée...

Il ne faut pas m'en vouloir si je m'exprime à mots plutôt couverts. À mon goût, j'en dis déjà trop. Crois-moi, c'est vraiment par égards pour toi que j'évite les détails... Et puis, mes expressions à moi sont si pâles, si prosaïques! Elles ne peuvent décrire ni ma situation de femme qui appartient à deux hommes, ni l'intensité des sentiments que tu m'inspires. Il faut être né poète comme toi pour trouver des images capables de tout peindre avec noblesse et beauté. Dans mon propre catalogue d'expressions, le choix se situe quelque part entre la banalité et l'équivoque.

De grâce, ne te montre pas trop sévère envers ton amie qui se sent encore un peu secouée par ta confession... Mets-toi un peu à sa place et tu reconnaîtras qu'elle a de bonnes raisons de l'être.

Tendresses,
Madeleine

P.-S.

Si j'en crois ta mère, ta lecture théâtrale de ma petite anecdote a été fort appréciée. Il faut dire que tu avais affaire à un public choisi. Si quelqu'un dans le village connaît le théâtre, c'est bien madame Doiron. Je me permets tout de même de penser que ce n'est pas à cause de ses connaissances dans ce domaine que ta mère l'avait invitée à la seconde présentation de ta «séance». N'oublie pas que notre actrice paroissiale est aussi notre postière... qui doit bien se demander ce que je peux te raconter dans mes lettres. Ta mère a voulu prévenir les commérages. C'est rusé, je trouve, très rusé.

Puisque c'est comme ça, je m'en voudrais de ne pas te fournir la suite du récit. J'espère que mon texte sera digne de ton
talent. Tu as dû remarquer que je corrige un peu le français de
nos bûcherons. C'est seulement pour rendre la lecture plus facile. Ils seraient insultés s'ils apprenaient qu'en prononçant
leurs paroles, tu les fais parler «à la grandeur». Ils croiraient
qu'on leur enlève toute leur virilité...

Funérailles et baptêmes

Pendant que, plus ou moins malgré lui, Clarence disait adieu à sa molaire, les enfants étaient au grand camp. Mathilde avait profité de leur visite pour leur demander de remplacer Didace, victime ce jour-là d'une de ses crises aiguës de curiosité.

– Quand c'qu'une attaque de même le prend, me confia-t-elle plus tard, y a pas moyen de l'arrêter. Y faut qu'y parte s'émoyer, c'est plus fort que lui! Si que les enfants m'aviont pas aïdée, les houmes ariont point eu de dessert! Un dimanche, t'as qu'à ouère!

Mais ils eurent du dessert : 130 biscuits à la mélasse découpés par les enfants à l'aide d'un verre enfariné. Comme récompense, Mathilde les laissa manger toutes les retailles qu'ils voulurent. Juste avant le dîner, pensez donc!

Quand ils apprirent ce qui était arrivé à leur bon ami Clarence, ils décidèrent de s'occuper de la fameuse dent. Ils l'enveloppèrent dans une feuille de plantain et la portèrent en grande pompe jusqu'au camp. Ils la glissèrent sous l'oreiller de Clarence qui, si j'en crois leur témoignage, «jouait de la musique dans son nez».

Vous auriez ri de les voir! Ils étaient déguisés, l'aîné en curé et la petite en enfant de chœur. Le col romain n'était rien d'autre qu'une taie d'oreiller bien entortillée; la soutane, ma jupe noire remontée sous les bras. Mon vieux châle gris servait de chasuble. Yvonne avait mis le pantalon de son frère et enfilé par-dessus sa blouse une camisole qui, de loin, pouvait passer pour un surplis. Malgré les protestations de Michel, elle avait insisté pour porter une casquette!

– J'ai jamais vu un servant de messe avec une casquette, lui criait-il.

– Et moi, j'ai jamais vu personne servir la messe avec des tresses.

Elle cacha donc ses beaux cheveux blonds sous la casquette qu'il accepta enfin de lui prêter et la procession se mit en branle.

Le curé marchait devant, tenant dans le creux de ses mains réunies la précieuse relique. Son enfant de chœur suivait, bénissant généreusement au passage tout ce que pouvait atteindre son goupillon. Celui-ci était formé d'une petite branche de sapin qu'elle trempait dans son bénitier sur lequel on pouvait lire les mots «Crisco Shortening».

Arrivé à destination, notre petit curé trouva qu'il était plus mouillé qu'il ne l'aurait été si la dignité de ses fonctions ne l'avait empêché de se défendre pendant l'aspergès. Il décida de prendre sa revanche. Il confia la dent à sa sœur, qui, surprise et heureuse de tant d'honneur, posa par terre son bénitier. L'aspergé s'en saisit en cachette et courut le remplir. La bénisseuse, pour sa part, prit tout le temps qu'il fallait pour glisser la dent sous l'oreiller du dormeur selon les règles. Après lui avoir ôté ses bas, elle emprunta la couverture du lit voisin et en recouvrit le malade qu'elle borda comme il faut. C'est seulement quand elle décida également de le bénir qu'elle s'aperçut de la disparition de ses instruments. Selon ce qu'elle m'a raconté, elle eut soin, tout de même, de ne pas partir trop précipitamment, de crainte de le réveiller.

Il faut croire qu'elle n'avait pas tout à fait la conscience tranquille, car elle se douta de ce qui l'attendait. Et, pour déjouer les plans de son frère, elle ne sortit pas par la porte du grand camp, où il devait la guetter. Elle traversa la dépense qui sépare le dortoir de la cuisine et sortit par la porte de la chambre réservée aux cuisiniers. Elle enleva alors son surplis et, s'approchant de Michel par derrière, à pas de loup, le lui jeta sur la tête. Désarçonné, empêtré dans sa soutane, celui qui se préparait à jouer les Jean-Baptiste n'eut pas d'autre choix que de se baptiser lui-même en tombant.

Il rentra trempé mais mort de rire tant il trouvait que le tour était bon. Il commence peut-être à découvrir qu'une fille peut inventer des jeux aussi intéressants que ceux qu'il propose à cœur de jour. Je soupçonne cependant que cette bonne entente n'est qu'une trêve et je me prépare à essuyer une série de baptêmes plus ou moins catholiques.

Pour l'instant, revenons, avant de conclure, à Clarence que nous avons laissé cuvant son rhum, la gencive trouée et l'amour-propre sérieusement endommagé.

Le lendemain de la veille, malgré le mal de tête qui lui taraudait les tempes, il eut la délicatesse de venir donner aux enfants la pièce de dix sous qu'une fée, très généreuse, avait, paraît-il, laissée sous son oreiller. Pendant quelques jours, il se montra peu bavard. En fait, c'est hier matin seulement que se produisit l'incident qui fit revenir les choses à la normale.

Il était près de sept heures. Pierre se préparait à partir pour l'ouvrage quand il entendit gratter à la porte. C'était Clarence, tout fringant, qui s'impatientait du retard de son «yardeux».

– Allons, espèce de flancs-mous, grouille-toi les bottes. C'est à matin qu'on attaque la pointe de prusses de l'autre côté du mocauque, dit-il sur un ton des plus enthousiastes.

– Hum! lui répondit Pierre. Je vois que mon bûcheux a retrouvé la parole.

– Ouais..., dit l'autre. Y a des affaires qui partent... pis qui reviennent... on sait pas tout le temps pourquoi...

Il évitait de regarder Pierre et se grattait l'oreille, l'air embarrassé. Après un moment, il ajouta, avec un petit sourire qui en disait long :

– Chance que ce bûcheux-là avait un ami qui l'a forcé à... à se comporter comme du monde. Sans ça, qu'y sait où qu'y serait rendu, c't innocent-là, à l'heure qu'il est.

– Derriére la grange sus le tas de fumier! répartit Pierre en lui envoyant une grande claque amicale dans le dos.

Il reçut en retour un coup de poing sur l'épaule. Les deux hommes quittèrent la cabane en riant aux éclats.

Ah! si tous les problèmes des paroissiens pouvaient connaître un dénouement aussi heureux!

B. River
Le 2 octobre 1953

Cher Louis,

Ta dernière lettre me laisse très songeuse. D'abord tu demandes d'être «relevé du droit aux égards». Tu sembles croire que je me sentirais libérée si je me laissais davantage aller, sans tenir compte des effets possibles sur toi. Je devine le soulagement que l'on peut ressentir à s'épancher totalement, mais je me suis retenue trop longtemps pour être capable de passer, comme ça, un beau matin, aux confidences très intimes. Disons aussi que depuis tes «explosions» poétiques, il règne dans mes pensées un tel désordre que je ne sais plus moi-même ce que je ressens.

De plus, ce que tu me dis de tes longues rêveries face à la mer et de ton incapacité de travailler à ta collection m'indique que tu es toi-même assez ébranlé. Je me demande si le temps n'est pas venu de nous interroger, chacun de son côté, sur ce qui nous a amenés là où nous en sommes.

Te souviens-tu de la difficulté que j'avais eue à démêler l'écheveau de laine que le chat d'Yvonne m'avait si bien entortillé? C'est en commençant par le bout enfoui à l'intérieur que j'y étais arrivée. Peut-être faut-il procéder de la même façon dans notre cas : remonter au début; reconstruire le tout premier maillon de la chaîne. Je songe à m'y mettre dès que j'en aurai le temps.

Il se peut que ce ne soit pas avant quelques jours. Didace doit partir aux funérailles de son père et je compte le remplacer à la cuisine, si Pierre est d'accord..., ce qui est loin d'être sûr! Il n'arrête pas de répéter que c'est pour m'offrir des vacances qu'il m'a forcée à le suivre. Tout le monde ici est maintenant certain que je me serais fait mourir si j'étais restée dans l'enseignement.

Il faut voir ton comédien de frère imiter l'état dans lequel il m'a, paraît-il, trouvée en juin dernier. Il prend une mine de papier mâché, la lèvre pendante, les épaules en cou de bouteille, les joues creuses et les paupières tombantes. À ce qu'il dit, je dépérissais à vue d'œil au contact des enfants mal lavés. C'est pour me sortir de ce qu'il appelle ce «nique à poux» (autres synonymes : «trou de coquerelles», «cave à rats» et «trappe à feu») qu'il m'a obligée à démissionner! Bref, c'était le chantier ou la tombe...

Comment ne pas éprouver de la reconnaissance envers ce généreux bienfaiteur, hein? Ne m'a-t-il pas sauvée d'un grand péril? Mais, allez donc savoir de quel danger il s'agissait en réalité... Bien chanceuse celle qui découvrirait ce qui se brasse dans la caboche de son mari en pareil cas.

Affectueusement,
Madeleine

B. River
Le 5 octobre 1953

Cher ami,

Je te fais parvenir les gribouillages que j'ai rédigés ces trois derniers jours, en attendant ta lettre. Il s'agit du récit de notre première rencontre.

Je voulais éclairer le présent à la lumière du passé. En me relisant, je m'interroge sur mon degré de réussite...

Je n'ai eu aucune difficulté à me revoir dans le cadre de ce premier rendez-vous. Et pour me remettre dans l'atmosphère de cette lointaine époque, j'ai choisi de reprendre le vouvoiement. Non sans peine, je te l'avoue. Ce qui en dit long sur la distance parcourue depuis quelques années.

Quant au retour en arrière lui-même, serait-il une fuite, une façon de se réfugier dans le connu, dans l'innocence? Ou un détour qui permet de ne pas regarder en face la situation présente...

Sur bien des plans, tu y trouveras des faiblesses. D'avance, j'accepte que tu me les soulignes, car tu connais mon désir de m'améliorer. Toutefois, pour t'éviter du travail, je te signale un type de faute que j'ai commis sciemment et volontairement.

Oui, je m'accuse d'avoir fait un usage vicieux du temps des verbes. De nombreuses fois, mon Père. Cette faute est impardonnable. J'aurais dû écrire, par exemple : «La première fois que nous nous vîmes, vous me plûtes et vous m'épatâtes.» Je confesse que je n'ai pas toujours eu le courage de m'exprimer ainsi, n'en déplaise à Dieu, à tous les saints et à vous, mon Père, mais surtout aux patientes religieuses qui ont fait leur possible pour m'enseigner l'emploi correct du passé défini. Sœur Cécile se retournerait dans sa tombe si jamais elle apprenait toutes les libertés (grammaticales...) que j'ai prises avec vous (pronom)...

Puisse l'Académie française accepter un jour, avec bien d'autres choses, l'emploi élargi du passé composé de manière à ce que l'âme de tous les professeurs défunts reposent en paix.

Amen-nement tienne,
Madeleine

La lampe du passé

En me couchant, le soir du 6 mars 1947, je savais que pour moi, rien ne serait plus jamais pareil. Ce qui venait de se passer me donnait une nouvelle façon de voir l'avenir. En effet, ce soir-là, j'avais pris la décision d'héberger ma belle-mère sous mon toit; l'enfant que je portais dans mon sein m'avait, pour la première fois, donné signe de vie; et le frère cadet de mon mari venait de faire irruption dans ma vie comme un bon vent chaud venu du sud.

«Belle-sœurette», «belle sœurette». Ces mots chantaient dans mon oreille et je les laissais me bercer doucement. À deux reprises, vous aviez prononcé ces paroles. La dernière fois, c'était près de la porte avant de me quitter. Vous aviez ajouté : «sans trait d'union, cette fois-ci», et vous m'aviez pincé la joue comme on le ferait à sa petite sœur. J'ai souri et nos regards se sont rencontrés. Longuement, très longuement. Vous avez alors, du bout des doigts, effleuré mon abdomen en disant : «Bonsoir, petit neveu.» Et vous êtes parti en me saluant d'un signe de tête.

Cette nuit-là, je trouvai le lit conjugal bien vide et bien grand. Toute rêveuse, je cherchai de la main l'endroit où vous veniez de me toucher. Une douce chaleur se répandit dans tout mon être et je sentis de nouveau le doux glissement de l'enfant.

– Pierre est chanceux, m'aviez-vous dit, une heure plus tôt.

– Il ne le sait pas encore, avais-je répondu.

– Oh! il le sait depuis longtemps!

– Mais non, je ne l'ai dit à personne.

Vous vous êtes mis à rire :

– Vous parlez de l'enfant et moi je parle de la maman. Vous êtes une femme merveilleuse. Pierre doit se sentir comblé.

«Vous êtes une femme merveilleuse.» Je me répétais à moi-même ce compliment, sans oser y croire tout à fait, sachant pourtant qu'il ne s'agissait pas d'une simple formule de politesse. Quelque chose s'était vraiment passé entre nous. L'amitié était née, du premier coup et pour toujours, je le sentais. Cette sensation m'était douce et chaude dans la froide immensité de la nuit.

Incapable de trouver le sommeil, j'essayai de retracer le fil de ce qui venait de se produire.

Vous m'aviez écrit pour m'annoncer votre venue. «Je veux faire votre connaissance et vous parler d'un projet qui me tient à cœur», disait votre court message. Si le projet m'intriguait, la possibilité de vous rencontrer enfin me réjouissait à tel point que j'en étais tout excitée. Il me tardait de connaître enfin celui dont Pierre m'avait si souvent parlé.

– Tu verras, il est presque aussi beau et intelligent que moi. La seule différence, c'est qu'il est un petit brin plus instruit. Avec lui, tu pourras parler de tes lectures et sortir tous les grands mots que tu connais.

Vous étiez le seul de ses frères que je ne connaissais pas. Albert, Marcel et André étaient venus à notre mariage. Raymond et Hervé nous avaient reçus à Bangor durant notre voyage de noces. Quant à Bernard, je l'avais vu plusieurs fois, étant donné que depuis son mariage, il demeurait à moins de 50 milles de chez nous. Tous m'avaient paru sympathiques. De bons vivants, blagueurs, généreux, un peu grivois, d'accord, mais sans trop de vulgarité. Qu'en était-il de celui qu'ils appelaient «le Père», même s'il était le benjamin? Pour en juger, je n'avais que le poème que vous aviez composé à l'occasion de notre mariage. Vous aviez su trouver les mots pour vous faire pardonner votre absence et pour me faire sentir que vous me considériez déjà comme faisant partie de la famille.

Vous étiez donc très attendu. Je me désolais cependant de l'absence de Pierre que cette visite aurait tant réjoui. Et, pour tout dire, j'étais un peu intimidée à l'idée d'être seule pour vous accueillir. Ce n'était pas le prêtre en vous qui me mettait mal à l'aise. En tant que sacristine et sœur d'un religieux, j'étais bien placée pour ne pas faire du prêtre un être à part, supérieur. Non, à bien y penser, la visite d'un autre de vos frères m'aurait causé le même embarras : recevoir un homme, seule, le soir, dans la maison paternelle. La chose ne m'était encore jamais arrivée.

Dès que je vous aperçus, toute ma gêne se dissipa. Et quand vous m'avez serré la main, avec chaleur et tendresse, c'était comme si je retrouvais un ami d'enfance.

Vous n'avez pas tardé à aborder le principal sujet de votre visite : me persuader de prendre votre mère chez moi. J'aurais pu vous simplifier la tâche, mais vous avez fait venir le sujet de si loin que je n'ai pas tout de suite compris où vous vouliez en venir. Vous évoquiez son veuvage, son désir de vivre près de l'église; je ne comprenais toujours pas. Vous avez dû croire que je me montrais hésitante. En réalité, j'étais trop occupée à vous observer, à trouver des ressemblances avec les autres Arsenault : cheveux blonds ondulés, grands yeux bleus, petite fossette au menton... Mais ce qui me frappait, surtout, c'était votre capacité d'attention, votre douceur empreinte de force que je n'avais encore jamais remarquée chez aucun homme. Une sorte de bonté toute masculine.

Vos paroles m'arrivaient comme à travers un filtre. Tout à coup, je pris conscience que vous parliez de votre mère comme d'une personne qui ne savait où aller.

– Mais, qu'elle vienne vivre ici! m'écriai-je. La maison est si grande et si vide depuis la mort de mes parents!

– C'est ce que j'étais venu vous proposer.

Vous avez insisté cependant pour que je ne prenne pas d'engagement trop rapidement.

– Réfléchissez bien. Demain, après la messe, vous me donnerez la réponse. La nuit porte conseil, vous savez. La prière aussi.

– C'est tout réfléchi, dis-je. Je souhaite de tout cœur que votre mère s'installe ici. Je me sens si seule pendant les longs mois que Pierre passe au chantier.

– C'est exactement ce que je me disais.

Votre sourire traduisait toute votre satisfaction. Vous avez appuyé votre main sur mon bras en murmurant :

– Merci, belle sœurette.

Votre regard était si intense, si enveloppant, que je me sentis comme envoûtée. Au même moment, je perçus une sorte de long glissement qui me parcourait les entrailles. Je portai mes mains à mon ventre en retenant mon souffle. Le mouvement recommença! Je poussai un petit cri d'étonnement et de joie. Je ne sais si c'est ce cri ou l'expression de mon visage qui vous fit deviner la cause de mon émotion.

– Vous attendez?

– Oui, et c'est la première fois qu'il bouge!

Vous m'avez alors pris les deux mains, le plus naturellement du monde. Nous sommes restés ainsi à nous regarder en souriant. Combien de temps? Je l'ignore. J'étais si bien dans cet échange fraternel, dans cette communion d'un genre tout à fait nouveau pour moi, jamais je n'aurais pu y mettre fin la première. Je devinais qu'il en allait de même pour vous, car vous ne faisiez rien pour vous dégager.

Il fallut la sonnerie du téléphone pour nous tirer de notre émerveillement. Le pauvre curé s'impatientait de devoir vous attendre si tard.

– Je me sauve en vitesse, avez-vous répondu.

Mais vous avez quand même pris le temps de poser longuement sur moi votre regard et de prononcer les paroles qui me servirent de berceuse ce soir-là... et bien d'autres soirs.

Ma joie fut grande le lendemain quand, dans la sacristie, le curé m'annonça que notre visiteur célébrerait la grand-messe.

– Vous vous occuperez du chant, me dit-il sur un ton plutôt bourru.

Il n'avait pas l'habitude de me laisser le choix... J'étais «sa» sacristine, «son» organiste, «son» chantre, comme ma mère l'avait été avant moi. J'obéissais d'assez bonne grâce. En souvenir de ma mère, au début. Peu à peu, j'avais pris goût à ces tâches et je les faisais avec un plaisir que n'arrivaient pas à gâcher les remarques désagréables du père LeBlanc, quand il avait passé une mauvaise nuit.

Ce matin-là, c'est avec enthousiasme que j'ouvris mon livre de chant. Mais quand je posai ma main sur le clavier pour vous donner la note du Kyrie, je sentis dans mes doigts une sorte de frémissement qui me fit craindre de me tromper.

Votre voix m'arriva, grave et nette, comme un appel inconnu, une invitation à quitter la terre pour m'élever vers les sommets. Au cours des années qui ont suivi, nous avons eu de nombreuses occasions de dialoguer ainsi par le biais de ces pures notes de musique lancées vers le ciel matinal. Chaque fois, ce fut le même ravissement, la même impression d'échapper à mon enveloppe de chair et, de ce fait, au temps et à l'espace.

(Mets cela sur le compte de mon «penchant mystique», comme tu dis, je ne t'en voudrai pas. Sache seulement qu'à mon avis, l'expérience avait un petit quelque chose de surnaturel. Sapristi! me voilà en train d'apporter de l'eau à ton moulin! Une nouvelle preuve que je ne suis pas une «vraie catholique». Un peu plus et je me convaincrais moi-même que ce qui semble chez moi un manque de foi n'est qu'une façon personnelle de vivre les mystères divins.

Sainte Madeleine, venez à mon secours! Je me suis engagée sur un terrain très glissant. Mon ancien directeur spirituel va croire que je suis en train d'avouer que j'ai des extases... Il va s'en pourlécher les babines, lui qui me classe volontiers parmi les exaltées et les illuminées*.

Ma sainte patronne ne répond pas. Tant pis! Je me livre comme je suis, sachant au fond que tu m'acceptes telle quelle. Tout n'a pas été dit entre nous, mais bien des choses sont quand même connues. Ou devinées, au moins. Les voiles de la pudeur sont si minces... Et tu es si habile dans l'art de la «dévoile».

Vite, revenons à nos moutons ou plutôt, à l'*Agnus Dei*.)

Après ce magnifique duo grégorien qu'avait été la messe, il me tardait de recevoir la communion. Je me trouvais dans

* Non, j'exagère, jamais tu n'as employé de tels mots pour me décrire. Tout au plus m'as-tu traitée de «sainte Thérèse en miniature». Ajoutons que ton petit sourire indiquait que l'expression n'était pas exactement flatteuse...

un état très difficile à décrire. Le chant m'avait laissée dans une sorte de bien-être que je savourais comme un avant-goût d'autre chose. Je restais comme suspendue entre ciel et terre, à la fois comblée et «désirante», aussi curieux que cela puisse paraître. Dans un sens, je ne demandais rien, mais j'étais prête à tout recevoir.

Les mots me manquent pour rapporter exactement l'effet produit en moi par l'hostie que je sentis déposée avec un recueillement et une dévotion auxquels le père LeBlanc ne m'avait pas habituée. Pour la première fois, me semblait-il, l'officiant avait l'air de croire profondément à ce qu'il faisait. Comme disent les enfants, c'était «pour de vrai». Le geste avait une solennité que je n'aurais pas crue possible. Ce serait exagéré de dire que le sens véritable de la communion m'était révélé. Je compris toutefois que l'acte avait une signification profonde, qu'il avait ses origines dans l'amour et le partage et qu'il en résultait une sensation de douceur et de paix.

C'est toute baignée de ce sentiment ineffable que je regagnai le jubé. Pourquoi ai-je entonné le Magnificat? Parce qu'il le fallait! Il a coulé de moi, tout seul. Je n'ai pas vraiment décidé de chanter. Il faudrait dire : cela a chanté.

De la même façon qu'il fallut, ce jour-là, nous dire adieu en vitesse, il me faut maintenant mettre un terme à cet épisode de mon «roman fleuve». Cette fois, ce n'est pas un vieux curé ennemi des embrassades qui coupe court à nos échanges, mais deux enfants affamés qui réclament leur gruau. Cependant, pas plus que le saint (?) homme de jadis, ces diablotins ne réussiront à me priver d'une accolade. Le ciel m'est témoin que je la souhaiterais aussi fraternelle et innocente que la première...

La belle-sœurette d'antan,
Madeleine

B. River
Le 18 octobre 1953

Trop cher beau-frère,

Même si mon écheveau est encore très emmêlé, je me console à l'idée que mon premier effort de démêlage t'a été utile, à
toi aussi. Mon récit t'a fait du bien, dis-tu. Tant mieux! Je me
réjouis surtout d'apprendre qu'il t'a «fait boire à la source pure
de notre amour».

Oui, tu as raison, nous nous sommes épris l'un de l'autre
dès le premier instant, en toute innocence et dans la plus grande
naïveté. Me l'avouer à moi-même et à toi m'apaise et me délivre, moi aussi.

Enfin il m'est possible de reconnaître la nature exacte du
sentiment qui m'unit à toi. «C'est Louis, mon homme.» Je murmure ces paroles et, contre toute attente, le ciel ne me tombe
pas sur la tête. La rivière continue de suivre son cours normal
sous ma fenêtre et le grand érable où sont juchés les enfants
n'a rien perdu de sa splendeur d'automne. Si c'est un rêve, il
est si doux que je souhaite ne jamais en sortir.

J'ai dépensé beaucoup d'énergie ces derniers temps à essayer de ne pas déranger l'ordre de l'univers. Comme si le
monde avait besoin de mon silence et de mon renoncement! Je
découvre aujourd'hui que c'était sans doute inutile.

«*The truth shall set you free*», répétait l'Irlandaise que mon
père engageait chaque été pour nous aider à parfaire notre
anglais. (Je crois que cette phrase est de saint Jean, mais je me
garderai bien de l'affirmer, car Mrs. McGraw disait aussi :
«*Education is the ability to quote Shakespeare without giving credit
to the Bible*».)

Oui! la vérité est libératrice! Tu m'en avais toi-même donné
la preuve. À mon tour, j'en fais l'expérience et j'y prends goût.
Je n'ai plus envie de me taire. Je veux, au moyen des mots,
explorer tous les détails de ma relation avec toi, l'examiner à

la loupe pour voir comment elle s'est construite et de quoi elle est faite. Je devine que ce ne sera pas facile. Il y a tant d'aspects dont nous n'avons jamais parlé. Et nous avons si peu l'habitude d'analyser nos sentiments. Mais l'écriture, il est vrai, rend la chose moins intimidante. C'est pourquoi, comme tu m'y invites, je vais rédiger bientôt le deuxième chapitre de notre «roman».

Pour l'expédier, cependant, je devrai, comme la dernière fois, attendre d'avoir de quoi faire un colis. Sans cela, madame Doiron aurait tôt fait de répandre dans le village la nouvelle que nos lettres sont trop épaisses pour être catholiques. «La nécessité est la mère de l'invention.» Je ne mérite donc pas les félicitations que je reçois pour avoir eu l'idée de réunir dans un seul paquet tout ce que les paroissiens veulent envoyer à leur famille. Au fond, c'est toi et ta mère qui faites une bonne partie du travail en vous promenant aux quatre coins de la paroisse. Si les bûcherons connaissaient la véritable intention qui me pousse à emballer avec soin les mitaines et les bas qu'ils veulent faire repriser, je doute qu'ils me donneraient encore une partie du sucre à la crème qu'ils reçoivent...

En attendant, j'espère que tu vas reprendre goût à tes passe-temps d'autrefois. Non pas que je ne sois pas flattée d'apprendre que tu consacres tout ton temps libre à lire et relire chacune de mes lettres, mais je m'inquiète des effets du manque de vraie distraction sur ta santé physique et mentale. Une longue promenade près de la mer, une partie de cartes avec les paroissiens, un air de Bach ou de Chopin te feraient du bien. Pense à ta mère qui se désole de te voir bouder ses petits plats pendant que, paraît-il, s'agrandissent les cernes sous tes yeux. Ces yeux si doux, si expressifs qui me manquent tant... Alors, fais-moi plaisir, prends soin de toi. Promis? Tu ne veux tout de même pas que je continue de me tracasser à ton sujet!

Très affectueusement tienne,
Madeleine

P.-S.

Je ne sais ce que tu vas penser de la chronique que je t'envoie aujourd'hui. Elle rapporte un tour qu'Alphonse et Jacob ont joué à Mr. Green, l'arpenteur qui vient régulièrement mesurer le bois des bûcherons. Je l'ai rédigée hier, alors que les éclats de rire se faisaient toujours entendre. Après coup, je me dis que de ton côté, tu ne la trouveras peut-être pas très drôle. Le rôle qu'y jouent ces deux paroissiens, je dois t'en prévenir, n'est pas exactement charitable. C'est pourquoi je me permets de plaider ici leur cause, non pas pour soutenir qu'ils ont agi correctement, mais pour expliquer ce qui les a amenés à se comporter de cette façon.

Ces hommes, tout comme leurs compagnons, travaillent très dur dans des conditions pénibles. Même si, paraît-il, ce chantier est l'un de ceux où il est le plus facile de «faire des bonnes gages», il reste que leur revenu leur permet tout juste d'assurer leur survie et celle de leur famille. Comme ils ne sont plus très jeunes, chaque jour qui passe diminue leur force physique et donc leur capacité de gagner leur vie. Ils n'ignorent pas que leur sueur enrichit d'autres personnes déjà bien plus riches qu'eux. Le jour où leurs maux de dos, leurs rhumatismes, leurs blessures les obligeront à ranger leurs scies, que leur restera-t-il du fruit de leur labeur? Ils auront passé leurs plus belles années à trimer pour des gens qui les regarderont de haut, comme si ce n'était pas à «ces pauvres diables» qu'ils doivent une bonne part de leur fortune.

Il ne faut donc pas s'étonner si les bûcherons essaient de se défendre quand ils sentent qu'on cherche à leur enlever le pain de la bouche. Mr. Green, comme on le verra, n'est pas au-dessus de tout reproche... Et si tu es porté à condamner l'esprit de vengeance qui a pu inspirer les deux farceurs, comprends au moins qu'ils en avaient gros sur le cœur. Ils auraient pu avoir recours à la violence, ils ont préféré l'humour. Je crains, cependant, que si Mr. Green n'a pas saisi le message, ils soient tentés de faire usage d'armes plus convaincantes la prochaine fois.

Tu constateras également que la fin de l'histoire est un peu sale (au sens propre du terme, pourrait-on dire). Je n'y peux rien. J'habite dans un camp de bûcherons et non dans la haute société où c'est facile d'écarter de la conversation les sujets grossiers puisque d'autres personnes sont chargées des basses besognes. Mais quand on vit les deux pieds dans la fange, avant de pouvoir planer dans les hauteurs, il faut d'abord se débourber.

C'est ce que l'humour permet de faire dans une certaine mesure, je m'en rends compte de plus en plus. Voilà pourquoi je me surprends aujourd'hui à rire de blagues qui, hier encore, ne m'auraient pas amusée du tout.

Il se peut donc que dans la narratrice du récit que je t'envoie, tu ne reconnaisses pas l'institutrice distinguée qui, la veille de son départ pour l'exil, discutait de Lamartine tout en servant le thé dans la fine porcelaine héritée de ses parents. Est-elle en train de devenir vulgaire ou était-elle autrefois un peu trop portée à poéter plus haut que son luth (si tu me pardonnes l'expression)? À toi de juger... si tu en as le courage.

Big Pet

Mr. Green n'est pas très apprécié. Disons-le clairement : tout le monde le déteste. Mathilde, par exemple, ne peut le voir en peinture. Elle le trouve «laid coume les sept péchés capitaux». Elle se moque de sa «tignasse jaune déteindue».

– Ça ressemble à une citrouille arrousée à l'eau de javelle! qu'elle dit.

Elle compare ses yeux à ceux d'un hareng mort, ses longs bras, à ceux d'un «empeure-corbeaux», et son nez, au bec d'un «pic à bois». Même sa démarche ne trouve pas grâce devant notre portraitiste, qui ne rate jamais une occasion de nous faire rire.

– L'avez-vous vu marcher, le grand maiguerlin? Y fait des petits pas, coume si qu'il avait peur de pardre un vingt-cinq cennes collé entre ses deux genoux.

Elle n'aime pas davantage ses manières.

– Si, au moins, il avait de l'alément! Ben nan! On a de la misère à lui aouaindre un petit *hello* de la goule. On dirait que ça lui érafle les babines de parler avec nous autres. Y se prend pour un *big shot* parce qu'il a une petite *job* de sévéreux. Il arrive icitte gréyé en hardes neuves pis y lève le nez sus les bûcheux parce qu'y les trouve déguénillous. *Greenhorn* coume qu'il est, y a pas encore compris qu'il arait pas de bois à sévérer, si qu'y avait pas de bûcheux pour le couper, ce bois-là. Qu'il essaye ouère, lui, de scier un grous sapin avec son rase-trou, sa chemise fine pis ses bottes du dimanche!

Elle éclate de son gros rire qui soulève sa volumineuse poitrine. Puis elle ajoute, pensive :

– Du monde de même, qui se baillont des airs de prince, ça oublie des fois que ça mange par en-dessous du nez, zeux itou.

En fait, tout le monde trouve des défauts à Mr. Green, mais ce qu'on lui reproche par-dessus tout, c'est d'avoir un grand pied. Entendez par là qu'on le considère injuste dans sa façon de «sévèrer» le bois. Là où les bûcherons croient avoir dix cordes, il en mesure neuf, voire parfois huit. D'un trait de plume, il leur «vole», disent-ils, une partie de leur maigre revenu.

Parmi les plus mécontents se trouvent Alphonse et Jacob. Ils avaient essayé de discuter avec lui l'été dernier. Ça n'avait rien donné. La fois suivante, en effet, ils avaient eu droit à une évaluation encore plus injuste.

Après ce qu'ils appellent cette «patte de cochon», nos deux hommes décidèrent qu'un jour, ils prendraient leur «revenge». Dernièrement, ils se vantaient parfois qu'ils lui gardaient un chien de leur chienne, mais personne ne savait au juste ce qu'ils préparaient. On avait seulement remarqué que souvent, le dimanche, ils attelaient Fringant, le jeune cheval de Jacob, et s'en allaient assez loin dans la forêt. Quand on leur demandait pourquoi, ils répondaient en souriant :

– On cherche un animal pour faire un présent au *greenboy*. On pense que ça y ferait du bien d'avoir un *big pet*.

Pour que je comprenne à quoi ils faisaient allusion, on m'a raconté l'aventure qui est arrivée à Mr. Green le printemps dernier. Je la résume afin de permettre au lecteur (et à ses auditeurs?) d'apprécier l'originalité de la mise en scène imaginée par nos deux compères.

En avril dernier, alors que l'arpenteur se promenait dans la forêt avec deux de ses amis, le cheval qui tirait tout ce beau monde s'arrêta soudain et refusa d'avancer. Sur l'ordre de Mr. Green, Didace (qui servait de guide forestier et de cocher) fit claquer son fouet. Le cheval se cabra et se mit à hennir de frayeur.

– *What's going on?* demanda Mr. Green.

– Ça doit être un ours qui vient de sortir de son trou, lui expliqua Didace, en anglais.

– *A bear!* s'écria l'autre, qui fut aussitôt saisi de tremblements.

Il ordonna que l'on rentre au grand camp par le plus court chemin. Didace lui souligna qu'il n'y avait pas de danger et qu'il suffisait de guider le cheval par la bride, mais il ne voulut rien entendre.

Mathilde m'a raconté qu'il est arrivé au grand camp
«blême coume un drap».

– Y tremblait assez fort, ajouta-t-elle, j'ai cru qu'il avait
pougné la danse de Saint-Guy!

Affirmant qu'il avait attrapé un coup de froid, il demanda
qu'on lui prépare un remontant. Inutile de dire que personne
ne crut à son histoire. Il était tellement plus intéressant de penser que le «sévèreux» avait tout simplement peur des ours. Ça
permettait à l'imagination des bûcherons de produire bien plus
de blagues...

Mr. Green lui-même ne tarda pas à leur fournir des preuves que c'était là la véritable explication. Quand il se présenta
de nouveau au camp, il portait une carabine sous le bras! Depuis ce temps, il se sépare rarement de son arme. Il s'arrête
près des cordes de bois qu'il vient mesurer et pose le fusil sur le
siège de son camion dont il laisse la porte ouverte!

Pour expliquer cette nouvelle habitude, il se prétend grand
amateur de chasse. Les hommes n'en croient rien, pour la bonne
raison qu'il n'a jamais abattu le moindre gibier. Ils vous diront
tous qu'il ne saurait distinguer un chevreuil d'un veau. On
raconte même qu'il a déjà pris une femelle d'orignal pour un
cheval. Certains ajoutent en gloussant qu'il confond aussi les
hommes et les femmes, le «greenbugger»*, mais Mathilde a tôt
fait de les rappeler à l'ordre.

– Vous en mettez fortement, me semble! leur dit-elle en les
regardant de travers. Je vas-t-y être obligée de parler sus la
grousse dent? Y a des zimites, les *boys*!

Voilà à peu près ce que je savais de Mr. Green quand il est
arrivé hier au chantier.

Tout se passa d'abord comme à l'accoutumée. Il sortit son
«caliper», mesura le bois et inscrivit les chiffres dans son grand
registre. Il allait partir quand Mathias vint lui demander de
l'aider à régler un grand mystère.

* Mr. Green a plusieurs surnoms. Comme celui-ci fait rire les hommes plus que les
  autres, je soupçonne qu'il est particulièrement vulgaire. Je le mentionne quand
  même en toute innocence. À toi de le changer si tu fais la lecture de cette «chronique» devant des gens moins ignorants que moi.

Il lui raconta qu'on avait trouvé près de la rivière les traces d'un petit animal qu'on n'arrivait pas à identifier. On se demandait si un grand chasseur comme lui ne savait pas quelle était cette bête étrange.

Vous aurez compris que Mathias était l'envoyé d'Alphonse et Jacob. Ils l'avaient choisi comme complice parce que de tous les Acadiens qui se trouvent ici, il est de loin celui qui parle le mieux l'anglais. Il jouit donc auprès des autorités d'un peu de prestige que d'aucuns lui envient. Il n'est cependant pas considéré comme un «licheux de bottes». Au contraire, il intervient souvent pour prendre la part des bûcherons. Ses nombreux talents et sa disposition à rendre service font qu'il est respecté à la fois par les patrons et par les bûcherons.

Mr. Green tomba dans le piège. Il prit son fusil et suivit Mathias. Quand ils furent arrivés près de l'endroit où les fameuses pistes devaient se trouver, Mathias attira le regard du «chasseur» sur la masse brune qui se déplaçait derrière un buisson, à l'orée du bois. Il lui proposa d'aller jeter un coup d'œil.

Au même moment, comme par hasard, surgit Jacob accompagné de son cheval. Au signal de Mathias, Jacob tira sur les rênes d'une façon bien spéciale. Fringant répondit en se dressant sur ses pattes de derrière, comme il avait appris à le faire au cours des leçons dominicales. À la vue de la bête qui battait l'air de ses sabots, Mr. Green dut conclure qu'un ours se trouvait dans les parages. Il se précipita dans la rivière.

Alphonse cessa alors de faire bouger les poulies qui lui permettaient de guider à distance le mouvement d'une grosse caisse de bois recouverte d'une «peau de carriole». Tout comme Mathias et Alphonse, il vit Mr. Green traverser la rivière en criant «Help!», les bras en l'air pour tenir son arme au sec. L'eau lui arrivant à la taille, il avançait lentement, mais dès qu'il eut atteint la rive, il se mit à courir à toutes jambes en direction du grand camp. Pendant ce temps, cachés dans les buissons, les farceurs riaient à s'en éclater la rate.

J'étais au grand camp avec Mathilde quand Mr. Green, essoufflé et trempé jusqu'aux os, ouvrit brusquement la porte. Il avait l'air terriblement mal à l'aise. Son pantalon mouillé lui collait au corps et le faisait paraître encore plus maigre que d'habitude.

– *What happened?* lui demanda Mathilde.

– *Never mind what happened, get me some dry clothes!*

Mathilde ne bougeait pas. Elle n'est pas femme à se soumettre aux ordres du premier venu.

– J... C...! cria-t-il. *Can't you see I'm soaking wet? Get moving or I'll get you fired!*

Sans se presser, Mathilde se dirigea vers la remise d'où elle revint avec un pantalon troué et malodorant. Le ruisselant visiteur le lui arracha des mains et courut au «privié» se changer. Il quitta les lieux sans saluer personne, même pas le contremaître.

– Y m'a demandé des hardes sèches, y m'en a pas demandé des propres, raconta Mathilde aux bûcherons avant le souper. Ça fait que j'y ai baillé les vieilles *overalls* que Didace met pardessus ses tchulottes pour édgiber ses truites. Ça lui apprendra à se montrer poli avec moi la prochaine fois.

Voyant que les bûcherons riaient à s'en rouler par terre, la raconteuse continua.

– Je me demande, glissa-t-elle en passant, quoi c'que la poule mouillée a ben pu dire à son *boss* pour expliquer qu'il était adgibré en mi-carême. Pis j'arais été ben aise de ouère la face qu'il a faite quand c'qu'y s'a aparçu qu'il avait oublié ses tchulottes dans le privié de la *camp*...

À ce moment-ci de son commentaire, Mathilde fit une pause, comme pour calculer l'effet qu'elle allait produire, et lâcha :

– ... pis ses *drawers* pleines de ...

Vous devinez la rumeur qui se mit aussitôt à circuler. On disait, plus clairement que je ne me permettrai de le dire, que si Mr. Green avait été obligé de changer de pantalon, ce n'était pas uniquement parce qu'il s'était mouillé le fond de culotte en traversant la rivière...

Le nombre de blagues redoubla lorsque Mathilde déclara que par charité chrétienne, elle avait lavé le sous-vêtement en question et l'avait «éparé sus la ligne». Alphonse et Jacob se sont même rendus jusqu'à la corde à linge pour vérifier par eux-mêmes à quoi ressemblent des «caneçons» de «bugger».

Pendant le souper, les hommes riaient si fort qu'on les entendait de notre cabane, éloignée pourtant du grand camp d'une bonne centaine de verges. Désireux de s'amuser aux dépens d'un homme à qui il en veut lui aussi, Pierre avala son «baloné» en trois bouchées et sortit rejoindre les rieurs.

Quand Mathilde eut fini la vaisselle, elle vint me voir et me fit une confidence.

– Une fois de temps en temps, commença-t-elle, ça fait du bien aux houmes de rire de ceuzes-là qui riont de zeux à l'ânnée longue. Je savais que l'affaire des *drawers* rendrait le tour de Jacob et Alphonse encore plus comique. C'est pour ça que j'ai arrangé l'histouère une petite affaire...

– Tu veux me dire, Mathilde, demandai-je, que Mr. Green n'avait pas sali son caleçon?

Elle glissa sa langue dans sa joue et répondit en me regardant de ses petits yeux rieurs :

– Ben.. je dis pas qu'il en avait pas largué un petit brin sus la couture...

B. River
Le 30 octobre 1953

Cher inquisiteur,

Me voilà prise au piège! Libératrice, la vérité? Pas toujours! Celui qui se dit mon libérateur exige maintenant des précisions. Au nom de la vérité, s'il vous plaît! Comme les hommes peuvent être fatigants, quand ils s'en donnent la peine! Qu'est-ce que j'ai bien pu faire au bon Dieu pour mériter qu'on me tourmente de cette façon!

Monsieur ne se contente pas d'aveux. Non! Il veut des explications à propos de mots que j'ai employés voilà bien un mois. Bonté divine, il doit croire que je garde une copie de mes lettres!

Euh.. Attendez un peu. Madame va fouiller dans son secrétaire. Sans doute trouvera-t-elle dans l'un de ses nombreux tiroirs le brouillon où elle a osé coucher des propos qui ont eu le malheur de déplaire à monsieur. Dans ce cas, elle lui fera porter ses explications ce matin même par son laquais.

Et vlan! Tu te permets d'être désagréable, je me permets de te rire au nez.

Je suis vraiment très, très fâchée. Tu ne me crois pas, bien entendu. Parce que je ne me suis jamais emportée devant toi, tu prends ma colère pour une figure de style. Sapristi! Je me moque pas mal du style figuré ou défiguré ce matin! Tes questions me mettent hors de moi. Voilà la vérité toute nue puisque tu la veux!

J'ai parlé de «femme-de-l'autre» et de «femme qui appartient à deux hommes», paraît-il. Depuis ce temps, tu te ronges les sangs, dis-tu, en te demandant si... Ne compte pas sur moi pour te faire la traduction! Est-ce que je sais, moi, ce que tu veux que je te dise?

Et puis, quelle importance ces phrases peuvent-elles avoir maintenant? Il me semble que l'eau a coulé sous les ponts depuis ce temps... Tu ferais mieux de t'en apercevoir. En voulant tout savoir, tu brûles les étapes et tu ne me permets pas de suivre mon propre rythme. Au lieu d'accueillir la confidence qui t'est faite («à demi-mots», selon toi), tu t'en sers pour en obtenir une autre dans un domaine qui...

Le lendemain

Ouais... Je me relis et je vois que malgré moi, le chat est sorti du sac. Au fond, je suis piquée – au vif! – parce que tu m'amènes sur un terrain que je ne suis pas encore prête à explorer. Pas avec toi, en tout cas. Je t'ai dit que tu étais «mon homme» et c'est vrai! Mais de grâce, ne me demande pas quelle place je fais à Pierre dans tout cela. C'est là que le bât blesse. Oui, tu aurais le droit de le savoir, je ne dis pas le contraire, mais...

La souffrance que je devine dans tes interrogations m'afflige au dernier degré, je te prie de me croire. La vivacité de ma réaction et les méchantes remarques que je te faisais hier n'ont pas d'autre explication que mon désespoir et mon impuissance devant certaines réalités...

Il m'est facile de deviner les mots qu'il me suffirait de dire pour que disparaisse ton tourment, comme il t'est facile d'imaginer, je suppose, les raisons qui m'empêchent de prononcer ces paroles magiques. Cela ne signifie pas cependant que ma situation soit celle que tu supposes. Quand tu envies mon sort, tu ne sais vraiment pas ce que tu dis.

Le lendemain

J'ai beaucoup réfléchi la nuit dernière... Au risque de tomber dans la vulgarité, je vais tâcher d'être claire une fois pour toutes. J'espère qu'il ne sera plus jamais question de ce sujet dont il est si pénible de parler. J'ignore pour l'instant ce que je réussirai à te dévoiler, mais d'avance, je te le demande à genoux, ne reviens plus là-dessus. Je me fais moi-même violence

en abordant ce qui devrait normalement être tu; aie la bonté
de ne pas ajouter à mon supplice.

Je reconnais qu'il doit être pénible d'imaginer celle qu'on
aime dans les bras d'un autre, même si celui-ci est son légitime
époux. Mais crois-tu qu'il soit moins douloureux d'être con-
damnée à tromper ceux qui nous sont chers? Oui, j'ai des rapports... fréquents... avec l'autre. Y a-t-il moyen de faire autrement? Soit dit sans malice aucune envers toi (mais peut-être
avec une pointe d'ironie envers l'Église que tu représentes), je
n'ai pas demandé qu'on invente le devoir conjugal. Si cela peut
te consoler, sache que je me le reproche moi-même assez volontiers, merci, ce faux-semblant amoureux que je subis beaucoup plus que je ne l'accepte.

Hélas! cela ne s'arrête pas là! Je trompe l'autre avec toi.
Moins dans les actes que dans mon cœur... et ma tête. Et cela,
depuis des années! Pourtant, ce n'est pas le désir que j'ai de toi
qui est à mes yeux la pire tromperie, celle qui, je m'en confesse, il m'arrive de commettre. Je veux parler de ton image
qui parfois remplace celle de l'autre... Je paie bien cher ces
quelques secondes de plaisir qui me plongent dans les griffes
d'une culpabilité insupportable. Je fais alors des cauchemars
où je me considère comme la dernière des dernières.

Je ne suis pourtant pas puritaine, tu es bien placé pour le
savoir. (C'est même là un de mes problèmes...) Si je trouve im-
pardonnables ces remplacements imaginaires, c'est parce qu'ils
me semblent vicieux.

Je n'en dirais pas autant des péchés que nous avons pu
commettre ensemble, toi et moi. Ces actes étaient condamna-
bles du point de vue religieux, mais ils étaient au moins naturels et normaux au plan humain. Ils prenaient leur sens dans
les sentiments qui nous liaient l'un à l'autre. C'est la raison
pour laquelle je n'en n'éprouve pas autant de remords que je
le devrais.

Tiens, par exemple, notre premier «vrai» baiser. Jamais je
ne croirai qu'il existe un dieu capable de punir ce type de pé-
ché-là. J'ai beau essayer, je suis incapable de me repentir de
ces moments inoubliables.

C'était, je m'en souviens parfaitement, le soir de ton tren-tième anniversaire. J'avais passé la journée à préparer la fête, allant même jusqu'à B. pour te procurer le cadeau que je te-nais à t'offrir : une plume «fontaine» (celle-là même, si je ne me trompe, que tu utilises encore pour tracer tes plus belles pattes de mouche). Après le dessert, je te tends le précieux ob-jet, tout enrubanné comme il se doit. Tu ouvres la boîte et tu restes là à me regarder d'un air stupide.

Ta mère est d'humeur taquine ce soir-là. «Voyons, grand dadais, remercie Madeleine», dit-elle en riant.

J'aperçois deux pommettes qui rougissent.

– Merci, bafouilles-tu, tout embarrassé.

Ta mère te tapote gentiment la main en me faisant un clin d'œil. «Il est pas vraiment mal élevé, mon bébé. Juste un peu emplâtre, des fois», ajoute-t-elle.

Pour éviter que mon regard te mette encore plus mal à l'aise, je me lève et me dirige vers la fenêtre.

Juste à ce moment, la lumière s'éteint.

– C'est le courant, dis-je. Les quelques maisons qui ont l'électricité n'ont pas de lumière non plus.

– J'ai une chandelle dans ma chambre, dit ta mère en s'éloi-gnant à tâtons.

Le front appuyé à la vitre, je rêvasse devant le fin crois-sant de lune qu'encadrent les branches d'érable déjà couvertes de bourgeons. C'est à toi, mais en même temps au printemps qui s'annonce, que je chuchote :

– Quelle belle nuit!

Tu t'approches. Ta main se pose sur mon épaule. Je me tourne vers toi et nos lèvres s'unissent, comme si elles avaient déjà fait le geste des centaines de fois.

«Et pour leurs coups d'essai veulent des coups de maître.»

Oh, ne va pas te figurer que c'est au vers de Corneille nou-vellement appris que je pensais à ce moment précis. Tu ferais erreur, mon ami... Vais-je te révéler ce qui me trottait dans la tête? Au train où vont les choses, je n'aurai bientôt plus le moin-dre secret pour toi. Le beau malheur!

Voici donc à peu près ce que je me disais pendant ces trop brèves secondes : «Tiens, tiens, tiens, pas si emplâtre que ça, le grand dadais... Très réussi, ce baiser! Qu'est-ce que c'est que cette douceur qui... Hum! Pas désagréable du tout. Pour l'amour, qu'est-ce qui m'arrive? Ah, c'est trop bon, trop extraordinaire, je vais tomber dans les pommes!»

— *Lumen Christi*, chante ta mère qui revient, un cierge allumé à la main.

Fin de l'acte 1, scène 1

Si je t'ai raconté tout cela, ce n'est pas dans le but de nous rappeler des souvenirs agréables (ce serait pourtant une raison suffisante... et peut-être plus réelle que je ne veux bien l'admettre...), c'est afin de te faire comprendre la différence de gravité entre mes péchés et les scrupules que j'ai ces temps-ci. Je confesse que j'ai commis un acte interdit en t'embrassant ce soir-là (et un autre, d'accord, en décrivant ici ce baiser), mais il s'agit là de gestes sains et «logiques», parce qu'ils correspondent à ce que je ressens.

C'est une tout autre chose quand ces mêmes gestes sont faux, quand le plaisir ne vient pas de l'acte lui-même mais du souvenir d'un autre... La tromperie est alors à son comble et la bassesse aussi. Voilà bien ce qui me désole. Pierre ne mérite pas cette hypocrisie, ce mensonge. Qu'il ne soit pas à la hauteur, ce n'est guère sa faute. Je ne lui ai pas été d'un bien grand secours, je m'en rends compte maintenant. En lui interdisant la moindre caresse avant notre mariage, j'ignorais quelle surprise je me préparais pour plus tard. Comment aurait-il pu deviner ce que je me cachais si bien à moi-même, à savoir que cet acte béni par l'Église, je le subissais comme une salissure? La violence faite à mon corps atteignait mon âme et c'est là surtout qu'elle m'était douloureuse. Je vivais au plus profond de moi une sorte d'humiliation que je n'aurais peut-être jamais reconnue sans... la comparaison...

Avec toi, tout est venu «par les petits», comme on dit, dans la douceur, le respect, le consentement. Chacun de tes gestes était sinon prévu, du moins désiré et pleinement accepté. La progression s'est faite sur une période si longue qu'elle m'a paru naturelle, presque innocente (ce qui a donné des résultats dont il faudra bien discuter un jour).

En laissant échapper ces confidences ce matin, j'ai manqué de loyauté envers mon mari et j'ai commis ainsi une grave indiscrétion. Si je t'ai révélé tout cela, c'est que l'image que tu te fais de moi m'est tout simplement insupportable! Comment peux-tu me dire que tu m'imagines sans cesse en train de me «vautrer quotidiennement dans la luxure»!

Réfléchis maintenant à ma situation et dis-moi si tu trouves encore que mon sort est préférable au tien...

À toi dans l'ambiguïté et la souffrance,
Madeleine

P.-S.

Il n'y a pas de chronique des bûcherons aujourd'hui. Mais je t'en promets une autre pour très bientôt puisque cette partie de mes lettres semble faire ton bonheur et celui de bien des gens.

B. River
Le 15 novembre 1953

Cher «pénitent»,

Rassure-toi, tu ne m'as pas torturée. Que je me sois sentie, sur le coup, mise au pied du mur, c'est exact. Mais aujourd'hui, je considère plutôt ton interrogatoire comme une belle occasion que tu m'as fournie de me débarrasser du cancer qui me rongeait. Je me réjouis de savoir que mon coup de bistouri a eu sur toi aussi un bon effet. Au point de départ, mon unique but était de calmer ta douleur. Avec le recul, je m'aperçois que ta guérison, tout autant que la mienne, passait par certaines opérations que je devais pratiquer sur ma bonne éducation et ma fausse pudeur. Il reste encore bien de la chirurgie à faire de ce côté, je m'en aperçois. Nous attendrons tout de même que la patiente en ait la force, n'est-ce pas?

Pour l'instant, je me sens plutôt soulagée. Ah, les avantages d'avoir un ami qui gagne sa vie dans le confessionnal! Ça vous facilite l'accès au pardon de tous les péchés que vous avez pu commettre en pensée, en parole ou en acte, par omission, par distraction, et même par ponctuation... Et ça vous donne droit à des leçons de morale bien documentées, même si le secret professionnel interdit toute vérification des renseignements.

Mes «substitutions sont pratique courante chez presque tous les hommes et chez un très grand nombre de femmes», dis-tu. «La belle affaire», que je pourrais te répondre, si j'étais d'humeur à te chercher querelle. «La mort, elle, est universelle; elle n'est pas moins horrible pour ça.»

Mais gardons ces discussions pour le jour où, à nouveau, nous serons réunis autour de la table de la cuisine, en train, comme le veut la boutade, de peser des œufs de mouches dans des toiles d'araignées. Ces heures heureuses reviendront-elles? Pendant combien de temps me faudra-t-il encore purger ma peine?

Je m'égare... et cela ne peut être utile à personne. Vite un vigoureux coup de balai dans ces sombres pensées.

J'avais déjà remarqué que les hommes ont des tendances au remplacement mental. J'en étais arrivée à cette conclusion à partir de remarques assez claires que j'avais entendues ça et là, dans les histoires drôles, surtout. À ce chapitre, laisse-moi te dire qu'on en raconte ici de toutes les couleurs, même si, je le sens bien, on fait un effort pour se retenir devant la maîtresse. Ces anecdotes me paraissent révéler certaines préférences masculines. Pierre, comme les autres, s'échappe de temps en temps, si bien que dernièrement j'ai pu tracer le portrait de la femme de ses rêves. La jolie blonde a les jambes longues et fines, la bouche en cœur et une poitrine capable de nourrir toute une pouponnière. Tout cela est très flatteur pour moi, tu admettras. L'injure suprême serait cependant de découvrir que c'est aussi le rêve de tous les hommes, même ceux que l'on croit au-dessus de tout reproche...

J'ignorais complètement que les femmes aussi jouent à ce jeu de l'imagination. D'apprendre que d'autres commettent ce genre d'infidélité ne me rend pas moins coupable, mais j'ai au moins la consolation de ne pas être un monstre. Je suis infidèle... mais normale. Mes remplacements ne sont pas causés par une maladie, mais par mes désirs adultères. Voilà une explication plutôt terre à terre, mais rassurante, tout de même. Je ne peux pas affirmer, cependant, qu'elle donne le ferme propos de ne plus recommencer...

Perdue dans mes questions de morale, j'ai laissé mourir le poêle alors que les enfants sont sur le point de se lever! Je m'empresse donc de te quitter pour m'occuper de ce qui demeure ici ma plus grande source de joie : mes enfants. Les autres points de ta lettre que je tiens à commenter devront attendre à demain.

Frileusement tienne en ce petit matin glacé,
Madeleine

Le lendemain

Ton dernier paragraphe m'a fait rire aux larmes. Tu ne manques pas d'humour, parfois! Si j'ai bien compris ce que tu appelles ton «gros problème», tu dois déterminer ce qui est devenu pour toi le plus urgent de réclamer : le deuxième épisode de notre «roman» ou la deuxième scène de «l'acte 1».

Que tu aimes mes lettres, je le sais depuis le début, car tu me dis de mille façons tout le plaisir qu'elles te procurent. Tes compliments, je le reconnais, n'ont rien pour me déplaire; ils m'ont encouragée à t'écrire aussi souvent que possible. Mais que tu ailles maintenant jusqu'à me trouver douée à la fois pour le roman et le théâtre, là je dis : «Attention!»

«*Beauty lies in the eyes of the beholder.*» Je l'ai appris à mes dépens voilà fort longtemps et la plume me démange de te raconter comment. Tu permets? Non? Je sais, je sais, c'est la description des baisers qui t'intéresse pour le moment. Ah! les hommes!

Eh bien, figure-toi qu'il est justement question de baisers dans mon anecdote. Gare à toi cependant. Si jamais j'apprends que cette histoire t'a excité, je t'envoie Mathilde qui a toutes sortes de remèdes pour calmer l'ardeur masculine. Elle a même une méthode infaillible pour guérir les hommes vicieux. Oserai-je te décrire cette méthode? Trop tard pour reculer maintenant, j'imagine.

– Un gars de même, dit-elle dans sa parlure du Sud que j'essaie de noter fidèlement, tu le pougnes pis tu le sauces dans de la m'lasse. Ensuite, tu le roules dans de la plume de canard. Pis là, tu prends un grand couteau et tu coupes tout ce qui dépasse.

Un homme averti...

Voici donc comment j'appris ma triste leçon.

Quand j'étais normalienne, j'avais un professeur qui venait d'Angleterre (ou qui avait longtemps séjourné dans ce pays, choisis). Il me fit un jour venir dans son bureau pour me féliciter. Mon attention en classe était, disait-il, «*striking*». Mes réponses, «*amazingly smart*». Quant à mon accent, «it's music to my ears», affirmait-il. Ces compliments me laissèrent bouche bée. C'est sans doute ce qui l'induisit en tentation...

Se levant, il s'approcha de l'endroit où je me tenais debout, très intimidée. Il m'empoigna et sans que j'aie eu le temps de l'éviter, il colla ses grosses lèvres mouillées contre les miennes. Scandalisée par le geste et (avouons-le) dégoûtée par l'odeur de vieille pipe qu'il dégageait, je me débattis de mon mieux. Insensible à mon refus, il recommença! On aurait dit que ma résistance l'encourageait!

Il prit ensuite ma main et la posa sur la chose qui grossissait à vue d'œil dans son pantalon. Petite oie blanche que j'étais à l'époque, je ne comprenais pas... Ris si tu veux, mais j'ai réellement cru qu'une bête allait surgir de cette braguette ouverte. Je la sentais d'ailleurs qui grouillait sous mes doigts tremblants, prête à bondir sur moi.

Ce qui se passa ensuite s'explique, je crois, par la peur et non par une décision consciente de me défendre. Incapable de dégager ma main que Doctor X, haletant et bavant, maintenait en place en me serrant le poignet, j'enfonçai mes ongles dans l'espèce de serpent violet qui venait de jaillir et serrai avec la force du désespoir.

– *You, stupid bitch!* hurla-t-il, pendant que je prenais mes jambes à mon cou.

À demi morte de peur et de honte, je me réfugiai aux toilettes où mes haut-le-cœur finirent par attirer l'attention des concierges. Me croyant malade, on me reconduisit chez moi. Ma logeuse m'obligea à m'aliter pendant deux jours.

Quand je fus enfin remise (si l'on peut dire...), je décidai de retourner en classe et d'agir comme si rien ne s'était passé. Contrairement à son habitude, il ne m'accorda aucune attention, sauf vers la fin du cours, quand il me demanda de lire un poème. J'ai oublié le nom de l'auteur, mais le poème lui, je m'en souviens encore. Longtemps, j'ai cherché à découvrir s'il n'y avait pas un sens caché à ces vers :

I never saw a purple cow
I never hope to see one
But I can tell you anyhow
I'd rather see than be one.

Je lus, ni mieux ni moins bien que les autres fois. La voix était un peu faible, mais l'accent était le même.

– *Horrible pronunciation!* déclara-t-il. *How can you murder the King's English in such a ruthless way?*

Je suis fière de pouvoir écrire que je ne baissai ni la tête ni les yeux. Je n'oserais aller jusqu'à prétendre, cependant, que la rougeur ne me monta pas au front un petit peu.

Il remit ensuite les compositions que nous avions faites la semaine précédente. Sur la mienne, il avait écrit ce vers célèbre : «*Beauty lies in the eyes of the beholder.*» Et, comme pour s'assurer que je comprenne, il avait ajouté : «*If I stop beholding your worth, you become worthless*», ou quelque chose du genre. Son admiration avait chuté, c'était clair... Ma note aussi!

Il me semble t'entendre me demander, sourire en coin : «Et quel rapport ce récit a-t-il avec les compliments que moi je te fais?» La question est à prévoir car, comme toujours, tu refuseras de comprendre tout seul. Il faudra une fois de plus que je te mette les points sur les i.

Ce sont les p.o.i.n.g.s. sur les i... diots que je devrais mettre une bonne fois. Mais non, bonasse comme je suis, je finis toujours par écouter mon cœur. J'explique et je me retrouve les pieds dans les plats pendant que l'innocent rit dans sa barbe. Il serait temps que j'apprenne à me comporter avec plus de fermeté avec lui.

Tu me répondras que c'est déjà commencé... et tu n'auras pas tort. Quand je pense à certaines de mes lettres, je m'étonne de la facilité avec laquelle je te lance toutes sortes de choses à la figure. Mais, il n'est pas dit que je serais capable d'en faire autant de vive voix... Tu n'as donc rien à craindre si jamais, un jour, nous nous retrouvons. D'ici là, d'ailleurs, j'aurai eu largement le temps de redevenir...

Ta tendre et douce,
Madeleine

P.-S.

Je dois te prévenir que la chronique d'aujourd'hui risque de donner des cauchemars aux petits cœurs sensibles. L'aventure que j'y raconte a bien failli tourner au tragique. Les cheveux m'en dressent encore sur la tête (le soir, quand je défais mon chignon...). Sors tes trémolos, c'est le moment ou jamais.

La «plonge» de Gonzague

Dimanche dernier, il faisait un temps superbe. Une belle journée à la fois douce et chaude comme seul l'été des Indiens nous en envoie. Vers le milieu de l'après-midi, Gonzague sortit l'unique bicyclette du camp – celle de son oncle Romuald – et annonça fièrement : «C'est aujourd'hui que j'apprends à conduire!»

Ceux qui l'ont entendu dire cela ne pouvaient prévoir que la chose tournerait mal. C'est pourquoi ils n'ont pas essayé de lui faire abandonner son projet. Au contraire, Roger et Léandre, deux jeunes bûcherons nouvellement arrivés au camp, lui ont promis une pièce de vingt-cinq sous s'il réussissait à faire le tour du chantier avant le souper.

Romuald est furieux contre eux. Il les accuse d'avoir poussé Gonzague à l'imprudence, ce qui prouve selon lui qu'ils n'ont pas plus d'intelligence que son neveu.

– Si que vous aviez de la comprenure pour deux cennes, leur a-t-il dit, vous ariez remarqué que le pauvre orphelin est un peu mêlé dans ses traits*. Vous ariez eu pitié de lui au lieu de l'encourager dans ses braques d'innocent.

Ce à quoi Roger a répondu :

– On savait qu'y lui manquait un bardeau, mais... un bicycle... y paraît que même un singe peut conduire ça.

Il est probable que leurs intentions étaient bonnes. Tout le monde ici aime Gonzague. Il a le tour de se faire pardonner les petites sottises qu'il commet de temps en temps. Chacun sait qu'il est un peu retardé, mais personne ne s'aviserait d'en faire un «pâtiron». Les gens le traitent plutôt comme un enfant. C'est vrai qu'il se tient plus souvent avec Yvonne et Michel qu'avec les bûcherons de son âge.

À mon avis, la colère de Romuald révèle qu'il se reproche de n'avoir pas surveillé son protégé d'aussi près que d'habi-

* Cette expression est nouvelle pour moi. Je l'ai comprise parce que je sais (maintenant!) que les traits forment une partie de l'attelage du cheval : celle qui permet de tirer les billots, par exemple.

tude. Il s'était permis dimanche d'aller chasser la perdrix à quelques milles du camp. Il sait bien que l'accident ne se serait pas produit s'il avait été présent à son poste.

Dans un sens, nous sommes tous un peu responsables. Tout se serait bien passé si quelqu'un avait accepté d'accompagner l'apprenti cycliste, comme il le demandait. Mais chacun avait une occupation qui le retenait ailleurs. Pierre jouait au fer à cheval avec Clarence. Alphonse coupait les cheveux de Jacob. Tilmon, lui, était parti recruter des bûcherons*.

Voilà pour les paroissiens. Selon ce qu'ils rapportent, les autres s'adonnaient eux aussi à leurs occupations dominicales. L'un se roulait des cigarettes, l'autre écrivait à sa blonde pendant qu'un troisième grattait son violon, empêchant ainsi une couple de ses compagnons de rattraper le sommeil perdu la veille. Mathias réparait l'attelage de son cheval. Mathilde filtrait ses herbages alors que Didace coupait du fil «d'arichal» avec lequel il compte faire des collets à lièvre. Je pourrais vous donner bien d'autres excuses qui m'ont été fournies; elles sont toutes valables.

Quant à votre chroniqueuse, elle était sur les lieux du drame, pour sa plus grande frayeur... et elle va essayer de s'excuser elle aussi.

À plusieurs reprises, les enfants m'avaient suppliée de les laisser se promener sur le pont qui enjambe la rivière non loin de notre cabane. Parce que j'ai moi-même passé de nombreuses heures de mon enfance à regarder l'eau qui coule, je comprenais leur désir de se livrer à ce merveilleux passe-temps. Mais, durant la semaine, la circulation des camions qui transportent le bois rend ce divertissement très dangereux pour de jeunes enfants. De plus, le nuage de poussière qui flotte au-

* Il compte aller te voir à sa prochaine visite. Il souhaiterait que tu l'aides à persuader d'autres paroissiens de quitter des chantiers plus proches du village pour venir travailler sur «la plus belle terre en bois deboute que le bon Dieu a créée», selon lui. Ses patrons l'encouragent à engager des Acadiens «parce qu'y avont pas peur de l'ouvrage», si j'en crois sa traduction. Il ajoute même que «les gars de la paroisse sont les meilleurs bûcherons de la province». Je me demande si ce type de discours a été nécessaire pour convaincre Pierre de nous amener vivre au diable vert...

dessus de cette route de terre est mauvais pour la respiration. Au lieu de leur interdire bêtement d'y aller (ce qui n'aurait fait qu'augmenter leur envie de désobéir), je leur avais promis que nous nous y rendrions tous les trois un dimanche.

J'étais donc sur le pont avec eux quand le malheur arriva.

Je contemplais la rivière en me rappelant les jours bénis de mon enfance quand des cris perçants vinrent me tirer de ma rêverie. J'aperçus alors Gonzague à bicyclette qui fonçait sur nous du haut de la colline. Yvonne ne comprit pas qu'il ne savait pas conduire. Elle courut vers lui, tout excitée de lui montrer le petit crapaud qu'elle avait trouvé.

– Ôte-toi du chemin! lui cria-t-il en zigzaguant pour l'éviter.

Elle se jeta sur sa droite. Il la para de justesse, mais la bicyclette dérapa, entraînant le cycliste dans le ravin. Quand je trouvai le courage de regarder en bas, je vis les roues de la bicyclette tourner dans le vide entre les énormes roches qui bordent la rivière. Le corps du malheureux devait être en dessous... réduit en bouillie.

– Cours au camp chercher du secours, dis-je à Michel tout en me précipitant vers Yvonne.

À tout prix, je voulais épargner aux enfants le spectacle de leur ami agonisant.

«On ne survit pas à une chute pareille», me disais-je en remontant la côte à grandes enjambées. Je tirais de toutes mes forces sur le bras d'Yvonne, qui semblait plus étonnée de mon énervement que de la dégringolade de Gonzague.

Femme de peu de foi que je suis, je ne pensai pas une seconde à la possibilité d'un miracle. Même quand Mathilde vint m'annoncer une heure plus tard que Gonzague allait en réchapper, je crus qu'elle essayait de me cacher la vérité.

Elle me toisa d'un air moqueur en glissant sa langue dans sa joue, comme elle le fait toujours quand elle veut jouer les pince-sans-rire.

– Je voudrais pas être malpolie ni démentir une femme ben plus instruite que moi, mais j'ai examiné l'esclopé des pieds à la tête, devant coume derriére, sus le long pis sus le travers, et je peux faire sarment que tout ce qu'il a de cassé, c'est le nez! Il a le croupignon* une petite affaire magané, mais ça le fera pas mouri'.

– Voyons, Mathilde, il est mort, inutile de me raconter des histoires!

– Ben, si qu'il est mort, coument-ce qu'il a fait pour hucher «yoille» quand c'que j'y ai tâté les pigrouins**?

– Comme ça, je peux aller le voir?

– Ah! je te dis pas qu'il est beau à regarder! poursuivit-elle. Une pirouette de même, c'est pas de quoi pour embellesir une face de valentin. Demain, ça sera encore pire. Maique les plaques bleues allont se mettre à sortir sous les grafignures, il ara l'air d'un vrai *Union Jack*! Mais toute ça finira par bâsir, avec le temps. On peut dire qu'il est chanceux malgré sa malchance. Faut croire que c'était pas encore son heure...

Il a fallu que je voie Gonzague debout sur ses deux pieds pour y croire : il s'en est sorti! À part son nez enflé et quelques égratignures qui le défigurent pour l'instant, il n'a rien. Pendant deux jours, il a eu trop mal aux reins pour travailler, mais la douleur est maintenant tout à fait supportable, à ce qu'il dit. Mathilde raconte qu'elle l'a tellement bourré d'herbes à cochon que «ça lui sortait par les oreilles», mais ce n'est tout de même pas la tisane qui lui a sauvé la vie.

Tout le monde crie au miracle, lui le premier. Pensez donc, une chute de 50 pieds! Il montre à tout venant la médaille qu'il porte au cou, celle que vous lui aviez envoyée la semaine précédente.

– C'est ça qui m'a sauvé la vie, dit-il avec conviction.

Notre miraculé ne se contente pas d'avoir échappé au destin, il prêche la Bonne Parole. Il a déjà choisi une dizaine de bûcherons à qui il veut offrir des médailles miraculeuses. Attendez-vous à une commande dès qu'il aura reçu sa paye.

---

* Derrière.
** Rognons, reins.

Parmi ceux qu'il croit avoir convertis se trouvent deux protestants, Jim et Bob, que ses sermons amusent beaucoup. Gonzague leur paraît si touchant qu'ils passent leur temps à lui poser des questions. Il faut entendre notre nouvel apôtre enseigner le catholicisme dans son anglais de cuisine où la messe devient «the mess», les mystères joyeux, «the funny mysteries» et le couronnement d'épine, «the crowning of the spine». Qui aurait cru que celui à qui l'évêque a failli refuser la confirmation se ferait missionnaire! Il n'y a pas de doute, les miracles, ça mène loin...

Romuald dit en avoir plein son «casse» de toutes ces bondieuseries. Lui qui n'a jamais été un mangeur de balustre, comme il s'en vante, n'apprécie pas beaucoup que son neveu soit tout à coup devenu ce qu'il appelle «un crapaud de bénitier». Chaque fois que Gonzague mentionne sa chute, Romuald lui ordonne de se taire. Mais l'autre n'en continue pas moins de plus belle.

Hier soir, ils sont venus nous rendre visite. Ils n'étaient pas sitôt arrivés que Gonzague s'exclama :

– Quand je pense que sans ma médalle...

– Voyons, «Gagague», tout le monde le connaît, ton prône, protesta son oncle. Tu nous scies les oreilles avec c'te histoire-là!

– Laisse-le don' faire, dit Pierre. Madeleine pis moi, on a chacun un prêtre dans la famille. On est accoutumés à ça, nous autres, les sermons. Ça fait pas tout le temps du bien, mais au moins, ça fait pas de tort.

Le prédicateur continua donc comme il était parti. Tout le monde faisait semblant d'écouter, y compris Romuald qui gardait le silence tout en barbouillant l'ardoise de Michel.

Gonzague finit par prononcer «et c'est la grâce que je vous souhaite. Amen», sur quoi Romuald salua la compagnie et fila se coucher.

Quand je serrai l'ardoise, je ne pus m'empêcher de rire en lisant ce que j'y trouvai :

Nouvelle béatitude
Bienheureux les pauvres d'esprit
car le royaume des scieux est à eux.

Faute d'orthographe ou jeu de mots? Tout ce que je peux dire, c'est que plus je le connais, plus je découvre chez ce vieux garçon une sorte de finesse qu'il semble vouloir cacher à ses compagnons. En tout cas, il est assurément plus éveillé qu'il en a l'air au premier regard. Ici, quand les gars veulent laisser entendre qu'ils sont plus intelligents qu'on ne le croit, ils disent : «Je sus pas aussi fou que je sus mal habillé». C'est, à mon avis, une expression pleine de vérité dans son cas.

B. River
Le 19 novembre 1953

Très cher ami,

Sans te laisser le temps de répondre à ma dernière lettre, je me permets de frapper à ta porte pour te demander conseil. Voilà qui est nouveau, mais c'est dans un domaine où tu m'as déjà fait toutes sortes de recommandations... que je ne demandais pas. Seulement, cette fois-ci, c'est moi qui fais appel à toi. Une crise d'humilité? Peut-être bien. Vivre au milieu des grands arbres, vois-tu, ça oblige une personne à s'apercevoir de sa petitesse. Qui dit que l'exil n'a que de mauvais côtés?

Comme ce doit être touchant de me voir ainsi, le caquet tout rabattu! Attention, n'entonne pas trop vite le *Te Deum*... Il pourrait me rester quelques petites pousses d'orgueil qui en profiteraient aussitôt pour redresser la tête. Attends plutôt que je sois parfaite. C'est pour très bientôt, promesse de vaniteuse.

Et ce conseil? Patience, j'y arrive.

Imagine-toi que l'un des bûcherons me tourne autour... Je t'en supplie, ne prends pas cet air-là et ne considère surtout pas que c'est ma faute. J'ai beau examiner ma conscience, je ne vois pas ce que j'ai pu faire pour mériter ses avances. Je ne l'ai pas écouté raconter ses sornettes. Je n'ai pas ri de ses blagues. Je ne lui ai fait ni sourire invitant ni œillade amicale.

Je l'ai plutôt fui dès le début, car son regard m'a tout de suite inspiré une sorte de malaise. Et voilà bien ce qui m'inquiète. Plus je me montre froide et distante avec lui, plus il insiste. Il trouve toutes sortes de prétextes pour venir chez nous et me courtiser, même en présence des enfants. Il murmure toutes sortes de descriptions de mon physique dont je me passerais bien! Dernièrement, il ajoute à mi-voix des paroles fort inconvenantes. De voilées qu'elles étaient au début, ses propositions deviennent de plus en plus claires... Ce qui m'effraie, c'est qu'il soutient que toutes les femmes rêvent d'être prises de force et qu'elles finissent toutes par dire oui quand on leur montre qui est le plus fort. Je suis prise de panique à l'idée d'être considérée comme une forteresse qu'il va conquérir de haute lutte, s'il le faut. Seigneur, comment se fait-il que les hommes (pas tous... c'est vrai) en soient venus à vouloir vaincre les femmes comme ils le font des animaux ou de leurs ennemis sur un champ de bataille!

Te connaissant, je devine que tu brûles de savoir le nom du hardi séducteur. Je peux bien te le dire, mais cela ne t'avancera à rien. Comme il est originaire de Saint-L., tu ne l'as sans doute jamais rencontré. Je ne parlerai pas du portrait que Mathilde fait de lui, car je ne veux rien dire qui risque de te rendre le gaillard sympathique. Ta sympathie, si tu permets, j'aimerais bien la garder pour moi, aujourd'hui. Disons seulement qu'elle le trouve plutôt bien de sa personne, même si elle aussi se plaint qu'il est «achalant», «en-dessous» et «mal-engoulé».

Je m'inquiète beaucoup de son influence sur les enfants. Il les gâte sans bon sens. Il les comble de cadeaux qu'il fait venir par les camionneurs : bonbons, jouets, crayons... Il va même jusqu'à leur offrir de l'argent! Je ne sais si je dois leur interdire d'accepter. «Menonque Jacques», comme il se fait appeler, est si gentil envers eux! Comment leur apprendre à distinguer entre la vraie générosité et celle qui, au fond, est égoïste? À ton avis, sont-ils capables de comprendre la différence?

Et si je me trompais? Si l'intérêt qu'il leur porte était sincère? J'ai remarqué qu'Yvonne, tout en acceptant ses gâteries, le garde à l'œil. Elle refuse, par exemple, de grimper sur ses genoux comme il aimerait qu'elle fasse.

Parfois, je prends la décision de pousser Pierre à intervenir au sujet des largesses de ce faux oncle. Mais le moment venu, je me mets à douter de mon jugement et je garde le silence. Son habitude de me traiter de «mère-poule» me fait craindre qu'il ne me prenne pas au sérieux. Par contre, si je lui rapportais les avances de Jacques... Pourtant, je ne peux pas dire qu'il ignore tout. Hier soir, il a été témoin d'un petit incident qui a dû lui mettre la puce à l'oreille. Sa réaction n'a pas été très claire pour moi. Je te raconte l'épisode en deux mots.

Il y a quelque temps, Jacques s'est piqué l'index droit avec son «pulp hook». Il lui a fallu travailler quand même et la plaie s'est infectée. Finalement, il a dû consulter le médecin. Hier après le souper, il est venu me demander d'écrire à son frère. Son pansement, disait-il, l'empêchait de le faire lui-même. Je ne pouvais refuser ce service qu'il réclamait poliment et que je rends souvent aux autres.

J'écrivais sous sa dictée pendant que Pierre écoutait Michel lui réciter ses tables. J'avais rédigé trois bons paragraphes sans problème quand tout à coup, Jacques voulut ajouter : «La personne qui écrit cette lettre est une belle petite brune comme je les aime. C'est plaisant d'être estropié quand on peut se faire dorloter par des belles créatures de même.» Sans broncher, sans lever les yeux, au lieu de ces deux phrases j'écrivis : «La personne qui écrit cette lettre est la femme d'un bûcheron qui, sans vous connaître, vous fait ses meilleures salutations.» Puis, je m'empressai de lire le tout à haute voix.

Pendant que Jacques ramassait la lettre et s'apprêtait à partir, Pierre laissa tomber, mine de rien :

– Ma femme est pas seulement bonne dans les écritures. A se défend pas trop mal avec un .22.

En disant cela, il pointait discrètement sa pipe en direction du fusil de chasse accroché au-dessus de la porte.

Jacques éclata de rire et sortit en disant :

– Les femmes sont toutes pareilles, instruites ou pas.

Ces paroles mystérieuses me feraient moins peur si je savais vraiment me servir d'une arme... N'importe quelle arme...

Au secours! Je ne vois vraiment plus ce que je peux faire. Vite, un miracle par retour du courrier, s'il te plaît.

Ta toute tremblante,
Madeleine

B. River
Le 2 décembre 1953

Cher ami,

Mon frère David me le dit toujours : «Il faut se placer dans les mains de la Providence.» C'est Elle (n'en doutons pas) qui, répondant aux prières que tu dis Lui avoir adressées, m'a envoyé une légion d'anges protecteurs. Chargés de me débarrasser de mon persécuteur, ces merveilleux visiteurs lui ont apporté les papiers des États qu'il attendait depuis longtemps.

Jacques l'Indésirable est donc en route pour le Connecticut! J'en remercie le Ciel, même si les adieux n'ont pas été des plus agréables. Juges-en toi-même par ce qui suit.

En prenant la décision de partir, Jacques n'avait pas renoncé à son désir de se procurer un certain type de butin. Pour l'obtenir, il lui fallait livrer bataille. C'est ce qu'il fit le matin de son départ.

Il passa à l'attaque de l'autre côté de la rivière où, les enfants et moi, nous nous amusions à reconnaître les traces des animaux dans la neige. Devinant que le grand conquérant ne s'en irait pas sans tenter sa chance une dernière fois, j'avais trouvé un prétexte pour m'éloigner le plus possible du grand camp. Je nous croyais bien à l'abri sous les arbres.

Il nous dénicha facilement.

– J'ai un flair pour les femelles, dit-il quand il me vit si surprise. Je peux les sentir un mille à la ronde.

Même si je ne leur avais rien dit, les enfants semblaient sur leurs gardes. Il s'approcha d'eux et leur offrit chacun un billet d'un dollar.

– Asteure, allez jouer, il faut que j'embrasse votre maman.

– Non! cria Yvonne.

– Ça lui fera pas mal, ajouta-t-il. A va même trouver ça bon.

Je reculai. De sa main gauche, il me saisit le poignet et me tordit légèrement le bras dans le dos. Je l'implorais du regard, n'osant pas me plaindre devant les enfants qui ne me quittaient pas des yeux. Il murmura entre les dents :

– Fais pas la sainte nitouche, ça marche pas avec moi. T'en crèves d'envie, *anyway*.

Grâce à Dieu, je ne perdis pas mon calme. Je sentis même une sorte de force intérieure m'envahir pendant que la torsion sur mon bras allait en augmentant. Une voix venue je ne sais d'où me souffla à l'oreille : «Prends-le par la douceur».

– Jacques, murmurai-je, tu as été très généreux envers les enfants. Laisse-les garder un bon souvenir de toi. Mets-toi à leur place...

Puis, m'adressant à mes deux trésors qui restaient plantés là, comme pétrifiés sur place, j'ajoutai :

– Venez dire aurevoir à Menonque Jacques et le remercier de toutes ses bontés.

Il laissa tomber mon poignet, baissa la tête et bredouilla :

– Excusez-moi, Madame Madeleine, des fois je perds la tête...

Il s'éloigna sans se retourner.

Cet incident me laisse très pensive. Je n'ose imaginer ce qui se serait passé si les enfants n'avaient pas été là. Et je ne peux m'empêcher de rêver au jour où les femmes ne seront plus des êtres traqués qu'on cherche à capturer de gré ou de force. Tu dis te morfondre de ne pouvoir être à mes côtés jour et nuit pour veiller sur moi et me protéger. Mais tu es loin d'être aussi impuissant que tu le crois. Même si tu ne peux pas être mon garde du corps, par tes sermons tu peux contribuer à rendre le monde moins dangereux pour moi et les autres femmes. Quand j'entendais le père LeBlanc prêcher la soumission au devoir conjugal, je me demandais quand il sermonerait les hommes sur la nécessité de ne pas abuser de leur force. Pour ma part, je n'ai encore jamais connu de prédicateurs qui dénoncent les diverses formes d'humiliation que subissent les épouses aux mains de leur protecteur légal...

Pas fameux pour la revanche des berceaux, le petit prône que je suggère. Mais si l'Église refuse de défendre celles en qui elle voit surtout des procréatrices de petits chrétiens, elle pourrait finir par se retrouver en fâcheuse posture. Un jour, les mamans décideront peut-être qu'elles peuvent faire aussi autre chose pour gagner leur ciel. Si jamais cela se produit, gare à la revanche des «berceuses»!

Cela dit, il y a peu de chances que mes enfants participent un jour à la réalisation du monde nouveau dont je rêve, un monde où la femme serait moins rabaissée qu'elle ne l'est de nos jours. Ils grandissent dans un milieu dont les opinions et les manières de faire ne sont pas toujours celles que je souhaiterais. Je redoute qu'à la longue, mes petites idées ne pèsent pas bien lourd dans leur jeune balance. Quand, jour après jour, j'entends des hommes leur parler de la femme en des termes que je n'ose répéter, je me dis que ton influence leur serait tout de même plus profitable. S'il est un aspect de mon exil que je ne parviendrai jamais à accepter, c'est bien celui-là.

Ta trop nostalgique,
Madeleine

P.-S.

Le fameux chapitre deux que tu réclames à grands cris est prêt. Il partira dans un colis ces jours-ci. Je l'ai intitulé, après coup, «Cadeau de Noël». Puisse-t-il ne pas te décevoir.

J'ai eu beaucoup de plaisir à l'écrire surtout parce que cette période de notre passé est, dans un sens, plus chargée d'avenir que ne l'est notre présent.

Nous avons beau être encore jeunes, notre relation actuelle est, à bien des égards, semblable à celle d'un vieux couple qui vit de ses souvenirs. Heureusement qu'il nous reste l'écriture! Elle nous fait vivre, l'un autant que l'autre.

Pour me faciliter la tâche, j'ai abandonné le vouvoiement qui m'avait donné beaucoup de fil à retordre dans le premier chapitre. Peut-être est-il impossible de retrouver entièrement l'innocence des premiers mois... L'un de tes philosophes préférés ne disait-il pas que l'on ne se baigne jamais deux fois dans le même fleuve?

Cadeau de Noël

Ta deuxième visite se fit attendre pendant plus d'un siècle! J'avais imaginé que tu aiderais ta mère à déménager. Il n'en fut rien. Bernard se chargeant de tout, tu n'avais plus «la moindre excuse de faire le voyage». Ce sont les paroles de ta maman... Ai-je eu tort de comprendre que tu n'aurais pas détesté l'accompagner et... me revoir?

Le déménagement t'a tout de même fourni l'occasion de me donner signe de vie. Quelle bonne idée tu as eue de m'envoyer ton *Soulier de satin* (tout annoté!). Grâce aux «soirées littéraires» que nous avons eues par la suite, tu sais combien j'apprécie cet ouvrage, mais tu ignores certainement combien je fus touchée par ton envoi.

Je compris tout le sens de ton geste quand ta mère me dit, en me tendant le cadeau :

– Il pense que vous* allez dévorer ce livre. Il dit que c'est comme si y vous connaissait depuis toujours.

– C'est la même chose pour moi, ajoutai-je vivement.

– Tant mieux s'il a trouvé la sœur qu'il aurait tant voulu avoir. Une sœur qui aime les livres, par-dessus le marché!

Par ta correspondance avec elle, nous avions désormais un point de contact. Elle me lisait tes lettres qui toutes, je m'en souviens, contenaient un passage intitulé «Pour ma belle sœurette». Ces quelques lignes étaient pour moi un délice. Ma part hebdomadaire de littérature et de rêve. Souvent, elles étaient en vers. Je les mémorisais alors pour me les réciter plus tard, savourant chaque pied, chaque rime. J'étais comme un enfant qui ne se lasse pas d'entendre son histoire préférée.

Sans talent pour la poésie, j'avais quant à moi choisi l'humour. Chaque fois que ta maman me demandait si j'avais un

---

* Savais-tu qu'au début elle me vouvoyait? «Ça m'aide à surveiller mon français», disait-elle. J'ai mis des semaines à lui faire accepter de me dire «tu». De mon côté, plus l'amitié s'installait entre elle et moi, plus j'aurais aimé l'appeler Sophie. Mais je sentais qu'elle aimait beaucoup l'expression «belle-maman» que j'avais utilisée les premières fois.

message pour toi, j'enrobais dans la taquinerie mes sentiments affectueux et te lançais quelque trait d'esprit plus ou moins piquant. Mon petit truc ne trompait personne, je le savais bien, mais il me permettait de te traiter d'une façon familière sans manquer à la bienséance. C'était pour moi une forme d'intimité, la seule possible à l'époque. Ainsi trempées dans l'espièglerie et la tendresse, mes fléchettes avaient la pointe si arrondie qu'elles auraient pu te glisser sur le dos comme autant de caresses. Je me flatte qu'il en est peut-être ainsi maintenant...

La tentation me venait fréquemment de t'écrire, non plus par la plume de ta mère, mais directement, de ma propre main. À ce sujet, j'ai d'ailleurs une confession à te faire. Tu ne me pardonneras pas, c'est entendu. Tant pis! Le pardon, c'est ton domaine, pas le mien. Débrouille-toi.

Une nuit (c'est la nuit que vient l'inspiration, tu l'as compris depuis longtemps. Ah! que donnerais-je pour avoir le loisir d'écrire au clair de lune plutôt qu'à la faible lueur du soleil levant...). Une nuit, donc, je décidai que si moi, je n'avais pas à proprement parler le droit de m'épancher à mon gré, l'enfant que je portais pouvait, lui, en toute décence, prendre la parole et t'exprimer la joie qu'il éprouvait à l'idée que tu serais présent à son baptême. Je lui laissai carte blanche. Il te composa un petit chef-d'œuvre de lettre à faire pâlir d'envie madame de Sévigné en personne.

Le problème, c'est qu'au matin, j'eus le malheur de faire ce qu'un certain poète nocturne de mes amis a toujours la bonne idée d'éviter : je relus ma lettre! Passe-moi l'expression, elle n'était pas «envoyable». Trop sentimentale. Trop révélatrice de tous les espoirs... Elle fut donc jetée dans la gueule brûlante de la grosse bête noire qui monte la garde dans la cuisine, près de la boîte à bois.

Si je m'écoutais, je ferais la même chose avec la plupart des lettres que je t'écris. Eh oui! quand je me relis, je suis toujours insatisfaite de telle tournure de phrase, de tel terme qui en dit trop... ou pas assez... Pourtant, je continue de rédiger au fil de la plume, sans même rayer la moindre virgule. Faute de temps (et de papier!), je ne peux me permettre de faire un brouillon, mais parfois, je passe la nuit à chercher dans ma

tête le mot qui traduirait exactement ma pensée ou mes sentiments. Hélas! l'inspiration n'est pas toujours au rendez-vous...
Tes éloges révèlent que tu es d'une extrême indulgence envers
moi. Je remarque que tu ne joues plus ni au professeur ni au
curé. Et tu réponds tout de suite! Tu as compris, je suppose,
combien j'ai besoin de tes lettres. S'il avait fallu que mon exil
se double d'une coupure complète avec toi, je n'ose imaginer
comment j'aurais pu le supporter.

Venons-en à ta fameuse visite, qui devait être le thème de
ce «chapitre». Je n'ai même pas besoin de fermer les yeux pour
revivre ce bel après-midi du mois d'août.

Je suis assise dans mon fauteuil, les rideaux de ma chambre tirés pour garder la fraîcheur. Michel vient de s'assoupir.
Doucement, j'essaie de dégager mon sein de sa petite bouche
goulue qui se remet aussitôt à téter. Je termine à mi-voix sa
berceuse préférée. Il s'endort enfin, repu. Je suis en train de
m'agrafer quand soudain, je prends conscience qu'on me regarde. Je lève les yeux. Tu es là qui me souris près de la porte.
Pendant quelques secondes, je crois avoir une vision, car je ne
t'ai pas entendu venir et tu n'es attendu que dans la soirée.

«L'apparition» se déplace, s'approche de moi sans bruit.
Tu es bien là, en chair et en os, il n'y a plus de doute. Tu prends
la main que je te tends et la portes à tes lèvres avec empressement. Puis, tu t'assois à mes pieds, sur le tabouret. Ton regard
va de moi à l'enfant et se fixe à nouveau sur moi.

Je flotte comme sur un nuage, incapable de croire que je
ne suis pas en train de rêver. Ton visage est souriant, radieux
même. Nous nous contemplons sans mot dire. Le temps s'arrête, exactement comme la première fois, six mois plus tôt.
Nous sommes là, figés, ravis.

C'est dans cette position que ta mère nous trouva. Elle
étouffa un petit cri. Joie? Surprise? Avertissement? Je sais seulement qu'elle me fit sursauter, ce qui réveilla le petit. Pour me
permettre de l'allaiter, vous êtes sortis, tous les deux. Je glissai
aussitôt dans la rêverie, savourant ce que je venais de vivre.
Bercé au rythme de la vague de douceur qui me submergeait,
l'enfant ne tarda pas à se rendormir.

En allant rejoindre ta mère à la cuisine, je te croisai dans le corridor. Le lieu ne se prêtait plus au type d'échange que nous venions d'avoir. Spontanément, je pris le parti de te taquiner. C'était la première fois que je le faisais de vive voix. Mais non la dernière...

– Savez-vous bien que vous ne m'avez même pas dit bonjour, m'écriai-je en riant.

– Vous non plus, as-tu répondu, du tac au tac.

Accolade fraternelle et rires, le tout sur le ton de la plus parfaite camaraderie.

– Venez au salon, j'ai une surprise pour vous.

Je te suivis tout intriguée. En prenant bien ton temps, tu as mis un disque sur le gramophone. Je te regardais faire. Tu avais l'air joyeux qu'ont les enfants le matin de Noël!

– *La petite musique de nuit* de Mozart, mon disque préféré. Je l'offre à la nouvelle maman et à la sœur que Dieu m'envoie avec un peu de retard.

Je ne savais comment t'exprimer ma joie et ma gratitude. La musique emplissait maintenant la pièce; nous l'écoutions sans mot dire. Le deuxième mouvement commença, nous plongeant à nouveau dans une atmosphère de sérénité et de communion silencieuse. Le ciel n'offre sûrement pas beaucoup de différence avec ces instants sublimes. Un sentiment de paix, d'amour infini, d'harmonie universelle.

Les dernières notes s'achevaient. Avant de te lever, tu as murmuré sur un ton très sérieux, en me regardant fixement :

– La maternité vous va à ravir. Vous êtes plus belle que jamais.

Et d'une voix que j'entendis à peine : «Dangereusement belle.»

Je fermai les yeux.

Les préparatifs du baptême et de la fête ne me laissèrent pas l'occasion de me retrouver seule avec toi. L'heure de ton départ approchait et je n'avais pas encore inventé le prétexte qui nous aurait donné quelques minutes en tête-à-tête. Je désespérais de mon imagination quand ta mère vint m'avertir que tu souhaitais me parler «dans le particulier».

– Il t'attend dans le salon. Il a une bonne nouvelle à t'annoncer, chuchota-t-elle.

Le temps d'un coup de peigne et j'ouvrais la porte, la joue en feu et le cœur battant. Une vraie héroïne sortie tout droit d'un feuilleton de *L'Évangéline*!

La nouvelle me coupa le souffle. «C'est impossible, me disais-je. C'est trop beau pour être vrai.» J'essayais de me concentrer sur tes paroles, mais j'avais l'impression d'en perdre la moitié tant j'étais émerveillée.

– Il faudra garder le secret jusqu'à ce que ce soit officiel, disais-tu. Je serai en poste au début de décembre. Puis-je compter sur vous pour assurer le chant de la messe de minuit?

C'en était trop. Les écluses s'ouvrirent, inondant la main qui me pinçait doucement la joue.

Michel voulut se mettre lui aussi de la partie. Ses pleurs se faisaient entendre dans la chambre voisine, faiblement d'abord, puis de plus en plus fort.

– Mon fils veut présenter ses hommages à son nouveau curé, dis-je, riant et pleurant tout à la fois.

Ce jour-là, c'est le cœur rempli de joie et d'espoir que je reçus sur mes paupières humides ton chaste baiser d'adieu.

Les mois qui suivirent se passèrent dans l'attente. Cent vingt jours d'Avent cette année-là! Des jours terriblement longs pour la chrétienne quelque peu hérétique qui venait pourtant de faire une petite virée du côté du Messie...

Entre-temps, il fallait régler un problème d'ordre domestique, pourrait-on dire. En annonçant ta nomination à ta mère, l'évêque avait mentionné qu'elle pourrait habiter avec toi au presbytère. Cette possibilité semblait même avoir joué dans sa décision. C'est du moins ce qu'il lui avait laissé entendre. Il voulait, disait-il, lui montrer ainsi sa reconnaissance pour tous les services qu'elle lui avait rendus au temps où il était curé à Saint-A. Madame Bourgeois accepterait certainement de lui donner un coup de main, de temps à autre, pour les gros travaux.

Ta mère, cependant, ne l'entendait pas de cette oreille. Pour avoir été sa ménagère, elle savait que Monseigneur était plutôt «regardant à la dépense». Elle soupçonnait qu'il cherchait moins à la récompenser qu'à économiser des sous au diocèse. Je ne sais si elle t'a décrit le cas de conscience que cette proposition lui créait. Pendant des semaines, je l'ai vue se débattre avec ce problème. Elle ne demandait pas mieux que de dorloter son petit dernier parti aux études si jeune, mais elle ne voulait pas le faire au prix du congédiement de madame Bourgeois.

– Si je déménage au presbytère, me répétait-elle, la pauvre veuve perd son revenu. Elle en a pourtant bien besoin. Elle a pas la chance, comme moi, d'avoir un garçon et une bru qui ont eu chacun un héritage...

J'étais entièrement d'accord avec elle. De plus, je savais avec quelle patience la brave femme avait enduré pendant des années la mauvaise humeur... et les quelques autres défauts... du pauvre père LeBlanc*. La renvoyer au moment où le Ciel nous envoyait un curé «comme du monde» était, à mon avis, une bien mauvaise manière de récompenser la loyauté.

Tout en essayant de me mêler de mes affaires, je tâchais, par mes attentions, de faire comprendre à ta mère combien je souhaitais la garder avec moi. Je n'avais, en effet, aucune envie de perdre celle qui était devenue mon amie. (En passant, jetez donc au panier le mythe de la méchante belle-mère. Il ne fait que nuire aux femmes... comme bien d'autres mythes parmi lesquels je mettrais bien celui d'Ève et du serpent si j'étais assez courageuse pour risquer l'excommunication. Sur ce point également, je n'en pense pas moins... Tu vois qu'à vivre loin de l'église, je risque plus que jamais de tomber dans l'hérésie. Si mon salut t'intéresse, prie pour mon retour au bercail... à l'ombre du clocher paroissial.)

* Sur le caractère de mon défunt curé, si je disais le fond de ma pensée, je risquerais de recevoir par la tête une pénitence exemplaire pour manquement à la charité. Je me tais donc, mais sache que je n'en pense pas moins...

De son côté, ta mère avait d'autres raisons de ne pas déménager. Chaque jour, elle s'attachait un peu plus à Michel, qui le lui rendait bien. Comme moi, elle voyait venir le jour où l'on insisterait pour que je reprenne mon poste à l'école du village. Jusque-là, j'avais toujours refusé, mais dès que j'aurais fini d'allaiter, on me supplierait de revenir. (La petite Dupuis qui m'avait remplacée n'avait, paraît-il, pas plus de discipline que de diplôme. Pire encore, elle portait des jupes trop courtes et grillait parfois une cigarette au vu et au su de tout le monde. «Ç'a-t-y du bon sens, asteure!» répétaient les mauvaises langues.) Sans en avoir parlé, nous savions, ta mère et moi, qui était la gardienne idéale du précieux poupon.

La voie à suivre était donc claire, mais ta maman continuait de se tourmenter. On aurait dit qu'elle voulait plaire à tout le monde et à son évêque. Finalement, à force d'invoquer tous les saints, elle trouva la solution au problème.

– C'est si simple, répétait-elle. Madame Bourgeois peut faire le ménage, le déjeuner et le dîner; toi, tu peux t'occuper de la sacristie et moi, je préparerai le souper. Je me demande pourquoi j'ai pas trouvé ça plus tôt!

– Quelle bonne idée! m'écriai-je.

J'étais en train de langer Michel. Pour m'amuser, je frottai mon nez contre celui du bébé en lui disant :

– Que dirais-tu d'avoir ton curé à table avec toi tous les soirs?

Il éclata de rire! C'était la première fois que cela se produisait. La mère et la grand-mère en firent grand cas. Et «mystiques» (ou superstitieuses?) comme elles le sont un peu trop à ton goût, elles eurent vite fait d'entendre dans ce rire enfantin une approbation divine de la solution proposée.

Ce soir-là, il faisait un froid à «fendre un chien en deux», disait ta mère. Blottie près du poêle, elle tricotait en chantonnant. Je ne me sentais pas aussi rassurée qu'elle. Debout près de la fenêtre, les deux mains nouées autour d'une tasse de thé chaud, je regardais les dernières feuilles du grand érable résister au vent qui s'entêtait à les arracher. Novembre venait à peine de commencer et déjà sa plainte lugubre me donnait froid dans le dos.

– Tu me parais bien jongleuse, ce soir, dit-elle.

Je levai les épaules et vins m'asseoir dans le fauteuil en face du sien.

– Si l'évêque refusait? dis-je sans explication, sachant bien qu'elle comprendrait.

– Laisse-moi faire! Je sais quoi lui dire pour qu'il accepte!

– Et le Père? Il pourrait dire non.

– Que je l'attrape, dit-elle, à résister aux ordres d'en haut!

Elle posa sa «brochure» et se pencha vers moi.

– Tu peux être certaine qu'il acceptera. Je connais mon Louis. Le plus gros défaut de cet enfant-là, c'est la gourmandise. Il se fera pas tordre le bras pour venir manger les petits mets de sa maman, sois certaine de ça!

Puis, après un court silence, elle poursuivit en souriant : «Et c'est pas toi qui mettras des bois dans les roues, hein, ma petite?»

Elle me pinça tendrement la joue. «Ah bon! me dis-je en silence, le geste est héréditaire! D'abord le fils, maintenant la mère! Seigneur, pardonnez-leur car il ne savent pas ce qu'ils me font...»

Ma prière terminée, je montai me coucher. Le vent de novembre n'avait plus guère d'emprise sur mes pensées.

Je rêvai à la messe de Noël. Au lieu du *Minuit, Chrétiens!*, une petite fille chantait un hymne dans lequel elle remerciait le Père Noël de se montrer si généreux envers elle. Le «cantique», si l'on peut appeler ça ainsi, se terminait par une sorte de coda qui ressemblait fort à une mise en garde :

> *Fillette, tu as été sage*
> *Je t'ai apporté des patins*
> *Mais si tu deviens volage*
> *Tu iras patiner au loin.*

Tout semble indiquer que la fillette a eu sa leçon... Il serait donc temps qu'on la laisse à nouveau patiner sur la mare derrière le couvent. Elle en meurt d'envie. Pas toi?

Comme preuve de ses bonnes intentions, ce sont de sages baisers que réussit à t'envoyer aujourd'hui la pauvre enfant que les sagettes de Cupidon ont pourtant rendue...

Follement tienne,
Madeleine

B. River
Le 14 décembre 1953

Bonjour,

Vraiment, monsieur se croit tout permis! Après avoir lu
entre les lignes, voilà qu'il lit maintenant entre les lettres, allant même jusqu'à scruter à la loupe celles que j'envoie à ma
belle-mère. C'est le comble!

Eh bien, laissez-moi vous dire, Monsieur l'Inspecteur des
âmes, que vous exagérez. Vos longues analyses ne m'impres-
sionnent pas du tout. Et leur conclusion, encore moins.

Sérieusement, comment peux-tu écrire que je cherche à
cacher l'étendue de ma détresse? Il n'y a pas de détresse! Est-ce
bien clair?

Je gage que tu es allé chercher cette idée dans mon linge
sale. Il est vrai que ma dernière lettre à ta mère décrit les difficultés que je dois vaincre pour parvenir à faire un lavage. Mais,
mon pauvre ami, tu n'as pas compris que j'essayais de faire
un brin d'humour en exagérant un peu? Je ne voudrais pas
être méchante, mais as-tu une idée du nombre de fois où tu
m'as signalé mes exagérations depuis que tu me connais? Trois
cent mille fois, bien comptées! Et tu as encore la naïveté de me
prendre au pied de la lettre!

Que veux-tu, ce n'est pas ma faute si je me suis trompée
d'époque. J'aurais dû naître au temps des épopées. J'aurais pu
alors faire valoir tout mon talent sans risquer que l'on prenne
mes vessies pour des lanternes... et mes coulées d'eau sale pour
une inondation! Seulement voilà, je me suis fourvoyée en plein
vingtième siècle où même les curés les plus mordus de littérature ne savent plus reconnaître le style épique.

Je peux bien te le dire à toi : si l'Église ne condamnait pas
la croyance à la réincarnation, je serais tentée de penser que
j'ai déjà vécu à une autre époque. Tu n'es pas trop surpris de
mes idées hérétiques? Pas trop choqué? Très bien, alors corrige

ma dernière phrase pour qu'elle se lise comme suit : Même si l'Église condamne..., je suis tentée...

Tu me lis toujours? Ma foi, tu es drôlement solide! Toutes mes félicitations. C'est un exemple de ce que l'on appelle l'ouverture d'esprit.

Je plaisante? À moitié seulement, car il m'arrive de penser que seule la réincarnation pourrait expliquer pourquoi je suis si différente des autres femmes. Tu ne vas pas nier que je suis... ne disons pas bizarre, c'est trop décourageant... disons... unique en mon genre. Et que malgré tous mes efforts pour être comme tout le monde, je reste, pour bien des gens, un peu... étrange. Alors, trouve-moi une meilleure explication et je l'accepterai avec joie.

Tu me diras que l'argent explique bien des choses... Mais même au sein de ma famille (qui est un peu «à part», personne ne dira le contraire), je me sens souvent étrangère. Comment expliquer, par exemple, que dès ma tendre enfance, je raffolais de l'opéra, alors que mes parents détestaient ces «airs à coucher dehors»? Quand la radio fit son apparition, il paraît qu'on pouvait tout obtenir de moi si l'on me promettait de me laisser écouter l'opéra du samedi.

– Où c'est qu'on l'a prise, celle-là? ne cessait de répéter ma mère, les oreilles bourrées de ouate.

Un jour que j'en avais assez, je décidai de prendre les moyens pour qu'elle arrête de me faire des reproches qu'à mon avis, je méritais moins qu'elle. Après tout, je n'étais pas responsable de mes origines, moi! Je pris un petit air innocent et distingué.

– Avec tout le respect que je vous dois, dis-je sur un ton poli, je me permets de vous faire remarquer que papa n'est pas souvent à la maison. Qui me dit qu'il est vraiment mon père?

La claque la plus magistrale que j'aie jamais reçue s'est abattue sur ma cuisse gauche qui m'en cuit encore.

– Tais-toi, espèce de petite effrontée. T'es une Léger toute crachée!

Et elle récita la litanie des défauts de ma lignée paternelle dont les moindres n'étaient pas l'orgueil, la désobéissance et... la légèreté. Elle ajouta :

– Comme toute cette engeance, t'as des idées de travers. Tu finiras comme ta tante Olive, qui a manqué se faire excommunier.

En résumé, j'avais de qui tenir, il n'y avait aucun doute! Du même coup, j'apprenais ce qui distinguait la famille Léger et surtout dans quelle estime ma mère la tenait.

«Tout cela n'explique pas grand-chose», me diras-tu. C'est vrai, je dois le reconnaître. Mon goût de l'opéra ne me vient pas d'un père inconnu et ne peut expliquer mon talent pour l'épopée. Il s'agit de deux genres différents qui n'ont pas fleuri à la même époque.

Tu apprendras toutefois que les soirées entières que tu as passées à m'enseigner la philosophie ont laissé quelques traces. Un de ces quatre matins, je vais te pondre un petit syllogisme qui te démontrera le plus logiquement du monde, ou bien que j'ai vécu à plusieurs époques ou bien que le genre épique se pratiquait encore quand est né l'opéra. À moins, bien entendu, qu'entre-temps, je m'aperçoive qu'au fond, au sujet de mes dispositions pour l'épopée, j'ai peut-être exagéré... un peu.

Très excessivement tienne,
Madeleine

P.-S.

Gonzague te prie de lui envoyer... tu l'as deviné... des médailles miraculeuses. Une douzaine! Il continue sa croisade... Hier, il me confiait que son miracle est pour lui un signe qu'il a la vocation! Il sait bien qu'il est incapable de faire des études, mais il se voit très bien en frère convers. (Un frère André acadien, sait-on jamais!) Il compte t'en parler dès son retour le 24 décembre. Il a d'ailleurs tellement hâte de prier dans une église qu'il vient d'installer au-dessus de son lit un calendrier où il trace une croix sur chaque jour qui passe. Beaucoup de bûcherons font la même chose, mais je doute que ce soit pour les mêmes raisons...

B. River
Le 26 décembre 1953

Cher grand fatiguant,

Quand tu as une idée dans la tête, tu ne l'as pas dans les pieds! Tu continues de dire que je ne suis pas aussi heureuse que je veux bien le laisser croire. Dis clairement que je suis menteuse! Grand saint Louis, donnez un peu de bon sens à votre protégé qui, pour mon tourment, est en train de devenir le plus énervant des fendeurs-de-cheveux-en-quatre!

Écoute, mon ami, je n'ai pas la moindre envie de m'examiner en profondeur comme tu me le suggères. Ce n'est pas parce que les examens me font peur. Tu n'as pas dû oublier que c'est à ma demande que tu me préparais des épreuves de grec, de latin, de philosophie et de littérature à l'époque où tu me faisais la grâce de m'aider à m'instruire. Quant aux examens de conscience, aussi longtemps que tu as été mon directeur spirituel, je t'ai reconnu le droit de les exiger. Mais ce que tu me demandes dans ta dernière lettre n'est ni plus ni moins qu'un examen «d'inconscience». Je regrette, mais je ne me porterai pas volontaire. Gratter ses petits bobos et se lancer dans de grandes lamentations, moi, ça ne m'intéresse pas du tout ces temps-ci. Et franchement, je m'étonne que tu me le recommandes.

Car c'est bien ce que tu fais, si j'ai bien interprété ta lettre et en particuler le paragraphe qui se lit à peu près comme suit :

«Je lis dans tes lettres, et même entre tes lettres, une sorte d'insatisfaction. Oh! le ton est enjoué, amusant même. Je crois pourtant y percevoir une sorte de fuite. Quelque chose te préoccupe que tu n'oses pas aborder directement. Je t'invite à t'examiner en profondeur pour voir si tu ne caches pas (à moi et, pire encore, à toi-même) un malaise quelconque que tu aurais intérêt à éclaircir pour ton plus grand bien.»

Pour toute réponse, je ne peux que t'écrire ceci, la larme à l'œil et le cœur plutôt lourd : tes dernières lettres me disent assez clairement que mes histoires ne t'intéressent plus. Tu as aimé notre «roman», dis-tu, mais tu en parles pendant dix lignes alors que tu consacres trois pages à faire des suppositions sur ce que je ne dis pas au sujet de mon exil. Si je comprends bien, tu désires des analyses, de la profondeur et moi, je me complais dans la légèreté.

Je ne suis pas sans savoir que le superficiel peut être une forme de fuite. Seulement... tu pourrais te demander s'il n'y a pas des cas où il est permis (et même recommandé) de s'esquiver...

Tant pis! Puisque ce que tu appelles mon «style en feu d'artifice» n'a pas l'heur de te plaire, je ne me donnerai même pas la peine de trouver une entourloupette qui te dirait en termes polis que si, consciemment ou non, je te cache quelque chose, c'est peut-être parce que ça ne te regarde pas. Est-ce assez dépouillé à ton goût?

Sans rancune,
Madeleine

102

B. River
Le 7 janvier 1954

Mon très cher ami,

J'étais loin de me douter que ma petite crise enfantine produirait chez toi une telle réaction! Tes excuses et tes explications mettent du baume sur mes petites égratignures. Elles m'embêtent aussi... parce que toutes ces courbettes m'obligent en retour à te dire... que tu avais vu juste. Puisqu'on ne peut rien te cacher, oui, la cabane manque de confort (un peu, beaucoup). Oui, j'ai le mal du pays (passionnément et à la folie, par moments), mais... bien entendu... depuis un mois, c'était le refus de Pierre de rentrer chez nous pour les fêtes qui me désolait, tu l'as deviné. Il avait pourtant promis... mais à quoi bon revenir là-dessus! Tu connais ton frère; il n'est heureux qu'en forêt. Comme dit Mathilde : «C'est pas du sang qu'y avont dans les veines, ces gars-là, c'est de la goume de sapin.»

Je me console en pensant que tu as (finalement!) saisi que si j'essaie de ne pas m'apitoyer sur mon sort, c'est surtout pour éviter de le rendre pire, aussi bien pour moi-même que pour les enfants. Tu montres aussi que tu comprends l'importance de la correspondance dans ma situation et je t'en remercie.

Au sujet de cette situation, justement, j'aimerais d'abord te raconter une anecdote que mon frère David m'a écrite dernièrement. C'est l'histoire d'un moine poursuivi par des tigres. Après avoir longtemps couru, il arrive au bord d'un précipice dont les parois sont couvertes de plantes grimpantes. Il s'agrippe à ces lianes et regarde en bas. Deux autres tigres l'attendent, la gueule ouverte. Le péril est extrême. C'est alors qu'il aperçoit une fraise. Sans se presser, il la cueille et la mange. Jamais fraise, paraît-il, ne fut savourée avec autant de plaisir.

Ne t'inquiète pas trop : je ne suis pas complètement privée de «fraises». Même dans cette forêt ensevelie sous la neige, j'en découvre de délicieuses. Ma rêverie de ce matin, par exemple. J'écris deux phrases, puis je suçote le manche de mon porte-plume, le regard perdu dans la dentelle que le givre a dessinée dans ma fenêtre. Le soleil allume maintenant des milliers de petits diamants sur ces fleurs que l'aube avait d'abord colorées de rose. Par le hublot que j'ai fait fondre à la chaleur de mon haleine, j'aperçois la fumée du grand camp qui monte, droite et blanche, entre les cimes des épinettes. La journée s'annonce froide mais belle. Pierre est déjà au travail. Les enfants dorment. Je goûte ces moments de solitude en songeant à ta dernière lettre. Je me dis que l'homme le plus charmant du monde sait admirablement bien me conter fleurette... quand il s'en donne la peine.

Ce merveilleux ami voudra bien, j'espère, excuser le ton de la misérable lettre qui a eu la malchance de se faire arroser de vitriol, un jour que la coupe était vraiment trop pleine. Au fond, il n'y a qu'avec toi que je peux me permettre de montrer ma mauvaise humeur. Et encore, j'ose croire que je ne l'ai jamais fait autrement que par écrit.

Seulement... j'y suis allée un peu fort, la dernière fois. Plus que jamais, j'ai forcé la note. Tu serais bien aimable de reprendre cette «partition» et d'y ajouter, à plusieurs endroits, des doubles bémols. Je t'en envoie un bon paquet. J'espère que ça suffira.

Et pendant que tu fais ce travail, je vais de mon côté inventer un système d'indication qui te permettra de lire mes lettres sur le ton qui convient. Comme en musique, il me faudra de beaux mots italiens pour t'annoncer que tel passage doit être lu «le sourire en coin», tel autre «les sourcils en accent circonflexe» ou «la bouche en cœur». Il me faudra trouver aussi un moyen de signaler les phrases écrites «la mine basse» ou, comme dirait Mathilde, «la vessie proche des yeux». Il serait bon d'avoir également un code pour t'avertir que le contenu de mon épître (pour ne pas dire l'épistolière elle-même) est «fragile» et donc «à prendre avec des pincettes». En attendant, s'il arrive un cas grave, je m'engage à écrire en toutes lettres sur l'enveloppe : «Danger. Message écrit par femme en colère.» Ce qui ne peut garantir qu'il ne s'agira pas d'un cas de légitime défense!

À propos, comment le paragraphe qui précède doit-il être lu? *Doloroso*? Évidemment, non. *Serioso ma non troppo*? Non plus, mais c'est proche. *Scherzando*? Voilà! Élève Arsenault, tu fais des progrès remarquables. Bientôt, on te décernera le diplôme de bachelier ès compréhension de l'âme féminine. Encore mieux que maintenant, tu me liras alors comme un livre ouvert. À mon grand dam, quand je voudrai garder pour moi seule certaines vérités.

Pour l'instant, tu es bien bon de te montrer aussi compréhensif. Tu ne peux savoir combien ton soutien me réconforte. Merci donc d'avoir pris le temps de m'écrire cette longue lettre. Elle me remet le moral à l'endroit. Je suis très sensible aux nombreuses «douceurs» dont elle est remplie. Mais savais-tu que c'est très mauvais pour le ferme propos?

Qu'importe, c'est le temps des fêtes! Et à cette distance, où est le danger?

Amoureusement,
Madeleine

P.-S.

Quand tu recevras cette lettre, ta mère t'aura déjà lu la chronique que je lui ai adressée et qui s'intitule «Noël dans un camp de bûcheron». Je gage que tu auras été surpris de n'y découvrir aucune trace de nostalgie. Je suis moi-même un peu étonnée d'avoir réussi ce tour de force. Il n'est cependant pas le fruit du hasard. Laisse-moi t'expliquer.

J'avais décidé de tout faire pour que les enfants soient pleinement heureux le jour de Noël. Or, une bonne dizaine d'hommes se préparaient à passer les fêtes ici en nous demandant de cacher des bouteilles d'alcool dans notre cabane où Tilmon n'oserait jamais faire une inspection. Je me mis à redouter les effets d'une soûlerie générale. C'est ce qui m'a donné l'idée d'organiser la messe blanche et la pièce que je décris dans la chronique.

Je ne savais pas dans quelle galère je m'embarquais. C'est encore plus de travail qu'avec des écoliers! Mais je ne regrette pas de l'avoir fait. Non seulement à cause du succès (les hommes n'arrêtent pas d'en parler), mais surtout parce qu'en me dévouant pour les autres, j'ai oublié de penser à moi et à mes petits malheurs.

Je m'étais donné comme mot d'ordre non pas d'avoir l'air d'être heureuse, mais de l'être, tout simplement. Pour y arriver, il fallait écarter toute comparaison avec mes Noëls d'antan, ceux de mon enfance comme ceux que j'ai passés avec toi. Je ne devais penser qu'aux gens de mon entourage et faire pour eux les gestes que dicte l'amour du prochain. Pour la première fois de ma vie, j'ai trouvé cette partie-là facile. Je ne sais ce qui m'arrive, mais je remarque chez moi un changement sur ce point. Tu te souviens comme il m'était difficile d'aimer sincèrement certains de mes élèves. J'avais le même problème ici face à quelques hommes qui m'inspiraient des sentiments peu charitables. Je constate que j'ai dépassé cela et j'en éprouve un grand contentement. Il me semble avoir fait un grand pas sur le chemin spirituel. Un effet des prières de toutes les personnes qui s'intéressent à mon salut, je n'en doute pas... Souhaitons que ça dure!

À propos de souhaits, j'allais oublier de te remercier des bons vœux que tu me fais pour la nouvelle année. En retour, ceux que je formule pour toi sont... exactement les mêmes! Reste à savoir si nous entendons la même chose par «le Paradis avant la fin de l'année»...

B. River
Le 19 janvier 1954

Cher impatient lecteur,

Chapitre 3, chapitre 3! C'est facile de «ramander». On voit que tu ne sais pas ce que c'est, toi, d'être interrompue en pleine écriture par une soupe qui brûle ou un écureuil que les enfants ont fait entrer parce qu'il avait l'air triste. Ces distractions me coupent l'inspiration d'un coup sec, sans parler de l'appétit...

Le roman et les chroniques, vois-tu, se rédigent pendant la journée. Les lettres, c'est autre chose. Elles font partie, pour la plupart, de ma méditation matinale et solitaire. Je dis «pour la plupart», car tu n'ignores pas que j'ai plusieurs correspondants. Allons, allons, tu ne vas pas commencer à imaginer des choses... D'abord, il s'agit surtout de femmes : ta mère, ma sœur Émilie et, à l'occasion, Lucie, notre belle-sœur commune. Du côté des hommes, à part toi, il y a mes frères (David, surtout, car les autres s'intéressent peu à mes histoires de bûcherons). Aucun de mes anciens «cavaliers», je le jure sur la tête de la sainte patronne des épistolières. Ça n'existe pas? Eh bien, compte sur moi, je m'en charge! Le temps de terminer en vitesse cette lettre à mon correspondant préféré (bien qu'un peu chatouilleux du côté de la jalousie) et j'adresse à Rome une requête détaillée suppliant Pie XII de corriger au plus tôt la situation.

Je déraille, comme d'habitude. C'est à croire que je n'apprendrai jamais à mettre en pratique le conseil de mes professeurs : faire d'abord un bon plan. Mais pour faire un bon plan, il faut du temps. Et du temps, j'en ai peu. Ce qui me ramène à mon point de départ et à l'idée maîtresse de ma lettre (en prouvant que je ne suis pas aussi désorganisée que j'en ai l'air) : tu auras ton chapitre... quand tu l'auras. Monsieur de La Palice en aurait dit autant? Alors, disons que tu l'auras quand il sera prêt. À la vitesse où vont les choses, il sera prêt quand les poissons auront des ailes...

Que veux-tu que j'y fasse, moi? J'y travaille tous les jours, parole d'ex-sacristine qui a touché (!) aux vases sacrés. Oui, je te dis, tous les jours ouvrables, trois grosses minutes au moins. Si ce rythme-là te pince le nerf de la patience, à toi de faire quelque chose. Si l'un de nous deux connaît la recette des miracles, ce n'est pas moi.

Avec la promesse d'un bel ex-voto,
Madeleine

P.-S.

Tout le camp est en émoi. La dernière évaluation de Mr. Green a fait beaucoup de mécontents. Le mauvais temps qui dure depuis plusieurs jours aggrave la situation. La prochaine paye sera mince!

Les hommes n'en peuvent plus d'être désœuvrés. Ils se disent «tannés» de jouer aux cartes ou de tourner en rond dans une «bunkhouse» trop petite, mal chauffée et mal éclairée. Par comparaison, notre cabane est un vrai château! C'est sans doute ce qui nous vaut tant de visites! La présence des nombreux amis de Pierre me dérangerait moins si quelques-uns d'entre eux n'étaient pas un peu trop portés à se bagarrer... Dispense-moi d'en dire davantage. J'en ai déjà trop dit...

B. River
Le 3 février 1954

Cher apprenti sorcier,

Tes miracles, tu peux les garder pour toi! Une foulure de la cheville, c'est vraiment ce que tu as trouvé de mieux? Eh bien, il ne fallait pas te déranger pour moi! Je crois savoir que les vrais saints guérissent ce genre de blessures, ils ne les provoquent pas sous prétexte qu'il faut absolument immobiliser une personne pour qu'elle puisse se consacrer à une tâche importante.

Attends que je porte plainte auprès des autorités de l'Oratoire! Elles vont te servir une de ces remontrances! Oui, Monsieur. Garanti sur f-r-acture! Et tu ne l'auras pas volée. Faire une pareille saloperie à ta propre belle-sœur qui commençait peut-être à se convertir. Tu n'as pas honte?

Tu mériterais que je laisse tomber et le roman et les lettres matinales. J'y ai pensé, sois-en sûr. Mais il faut bien que je m'occupe, maintenant. D'autant plus que je n'ai pas le droit de bouger depuis cette malheureuse chute (que je ne te décrirai pas, sache-le bien). Voilà des jours que je suis traitée aux petits oignons. Didace m'apporte de quoi nourrir toute la «cabanée» y compris Tommy, le raton-laveur qui, aux dires des enfants, fait partie de la famille, même s'il n'a pas le droit de franchir le seuil de la porte. Mathilde est venue hier me faire un petit lavage. Les bûcherons ont vidé leurs poches et leur «knap sacks» pour me faire des cadeaux : aspirine, chocolat, pastilles de menthe, sucre à la crème et antiphlogistine. Clarence m'a offert un petit crucifix sculpté de sa main, et Jacob, une image qu'il a reçue le jour de sa première communion. Gonzague, lui (quelle surprise!), m'a tout de suite apporté une médaille. J'ai été si touchée par toutes ces marques d'attention que par moments, j'en avais les larmes aux yeux.

Quant aux enfants, ils sont devenus des anges. (À bien y penser, c'est peut-être là le miracle. Chapeau, dans ce cas!) Ils font leur lit sans que je le leur demande. Ils nettoient tout, rangent tout. Depuis le début de mon infirmité, je n'ai vu ni genou écorché, ni vêtement déchiré. Même les verres de lait ont perdu la tendance qu'ils avaient à se renverser au moins une fois par jour. Ça tient du prodige!

Mais le plus touchant dans tout cela, c'est Pierre. Le voilà devenu le plus galant des maris. (À décrire ainsi les effets de ma «débarque», je vais finir par me convaincre qu'il n'est pas si raté que cela, ton tour de passe-passe.) Quand je suis tombée l'autre dimanche (non, que je te dis, je ne te raconterai pas l'accident, inutile d'insister), Pierre était avec moi. Il m'a aussitôt portée jusqu'à la cabane, m'a étendue avec précaution et s'est mis à m'appliquer des compresses d'eau froide. Un infirmier hors pair!

– Par commencer, il faut y strapper la jeville, conseilla Mathilde quand la nouvelle lui vint aux oreilles.

Et ton frère alors de prendre un air théâtral pour déchirer avec cérémonie la chemise qu'il avait sur le dos. Quel comédien, celui-là! Je ne pouvais m'empêcher de rire malgré la douleur. À mon grand étonnement, il me fit un bandage que Mathilde considère digne d'un docteur. Jamais je ne l'aurais cru si capable. Je te fais grâce, cependant, des jeux de mots qu'il ne manqua pas de sortir à la douzaine, l'émotion le rendant plus grivois que de coutume.

Puis, l'idée lui vint de me fabriquer des béquilles.

– Si tu marches sur ta patte malade, t'aras des rhumatismes le restant de tes jours pis tu pourras pus danser une quadrille de service. Une femme qui *swing* pus, moi, ça m'intéresse pas.

Tout son dimanche y passa. Résultat? Quand vint le moment de me mettre au lit, ce n'est pas sur une patte ni sur deux que je m'y rendis, mais sur trois.

Tout cela pour te dire que j'ai maintenant beaucoup de temps pour écrire. Pourquoi je ne te préparerai pas une petite description de ma chute? Parce que la satanée* culbute est si stupide et si drôle qu'elle te donnerait une trop bonne occasion de rire de moi. Si tu crois que je peux accepter pareille atteinte à ma dignité... Je ne peux même pas promettre de te pardonner un jour ton vilain croc-en-jambe. Surtout, ne recommence plus!

Clopin-clopant,
Madeleine

P.-S.

Le «chapitre 3» se trouve au fond de la boîte sous les pommes de pin et les dessins sur «machecoui» que t'envoie Yvonne. Encore une fois, je l'ai baptisé à la toute fin. J'espère que le titre ne te fera pas trop peur. Je dois cependant te prévenir que quelques passages sont à réserver «aux personnes sérieusement averties», comme on nous disait au couvent.

Tu m'avais suppliée de faire un récit le plus complet possible. «Notre passé commun me raccroche à la vie. Fais-moi revivre chacune de ces heures précieuses, quitte à me raconter ce que je connais déjà», m'as-tu dit. Eh bien! tu vas être servi! Comme ça, si tu bâilles sur des descriptions qui te sont trop familières, tu sauras à qui t'en prendre.

---

* Penses-tu que je ne sais pas qui a bricolé ton faux miracle? «An act of God? My foot!» diraient les bûcherons. Et si tu veux vraiment avoir une idée des jurons qu'on apprend ici bien malgré soi, ajoute : «Like hell, it is!» Mais ces jurons ne sont rien à côté des blasphèmes qui cherchent à prendre forme dans mon esprit quand je suis trop fatiguée. Je m'attrape parfois sur le bord de penser que si Dieu s'intéressait vraiment à mon salut, il ne me ferait pas vivre si loin de l'église et des sacrements.

Notre enfant

Je plonge, non je ne plonge pas. Je parle de ce sujet qui me tourmente depuis si longtemps, non je n'en parle pas. Voilà le petit jeu que je me joue à moi-même depuis des jours. Le saut me fait peur, alors je fais... la sotte. Ça, du moins, c'est du connu et ce n'est pas bien dangereux. Sauf que je commence à en avoir assez.

Tu vois ce qui se passe, n'est-ce pas? C'est tout simplement le démon de la fuite qui se pointe le bout de la corne. Il n'arrête pas de me «pigouiller», celui-là. Oh! Mais il fait mieux de se tenir tranquille, car il ne me fait plus peur. J'en ai vaincu d'autres joliment mieux encornés que lui. Ce matin, en me levant, je me suis juré de ne rien mettre à la poste tant que je ne lui aurais pas porté le coup de grâce, à ce monstre. Cela se fera au compte de trois.

Un, deux, trois, go!

Notre enfant. Je voudrais te parler de son adoption, de l'engagement moral que nous avons pris et qui nous unit aussi étroitement, d'après moi, que si la petite était réellement la chair de notre chair.

Voilà, je me suis jetée à l'eau! Ce n'était pas si terrible. Pourquoi ai-je tant reculé? Tant tourné autour du pot? Ouais... et pourquoi est-ce que je continue à le faire en ce moment?

Parce que c'est difficile! C'est un sujet si délicat, si compliqué. Pas étonnant que nous ne l'ayons jamais abordé clairement et franchement. Même dans tes poèmes les plus délirants, tu n'en as pas fait mention. Il pourrait y avoir bien des explications. La première qui me vient à l'esprit, c'est que tu considères ce sujet comme tabou. Dans ce cas, je ferais mieux de ne pas l'aborder. La deuxième – et la plus probable, je crois – c'est que l'existence d'Yvonne n'a pas pour toi l'importance qu'elle a pour moi.

Entendons-nous. Je n'oublie pas que tu as fait beaucoup pour elle comme pour Michel. Tu as passé plus d'heures avec eux que n'en passent la plupart des pères avec leurs propres enfants. Tu as souvent partagé leurs jeux, leurs repas, leurs petits chagrins. De mille et une façons, ils te montrent que tes attentions sont appréciées. Si tu en veux un exemple récent, pense à la lettre dans laquelle je décrivais à ta mère le plan qu'ils avaient imaginé pour que «le reste de la famille» déménage en pleine forêt avec nous. Rappelle-toi, c'est Yvonne qui en avait donné la raison : «Quand grand-maman et mon oncle Louis sont pas là, il manque toujours quelqu'un.» (Si ta mère ne t'a pas lu ce passage au moins trois fois, je ne la reconnais plus, fais-la examiner.)

Quand je dis que la petite pourrait avoir moins d'importance à tes yeux, je veux tout simplement dire que j'ai sur toi trois grands avantages : 1) tout le monde me reconnaît comme sa mère; 2) elle habite sous mon toit; 3) nous sommes toutes deux du même sexe. Il est donc normal que je me sente plus proche d'elle et qu'elle ait pris, tout naturellement, une plus grande place dans ma vie que dans la tienne. Il n'y a pas de mal à cela, je dirais.

Où je veux en venir avec tout cela? D'abord, à briser ce silence qui me pèse tant et qui, de plus en plus, me paraît malsain. J'ai cru bon de prendre les devants. J'espère t'entraîner à ma suite, mais je ne voudrais pas t'y forcer.

Je vais d'abord raconter ma version des faits qui ont mené à cette «union», à cette «parenté» qui, bon gré mal gré, nous lie à tout jamais. Tu sembles avoir profité de mes autres retours dans le passé. Moi-même, j'ai trouvé ces expériences très utiles au plan moral. Elles m'ont permis de mieux me connaître, de mieux comprendre ce que j'ai vécu et ce que je vis présentement. Cette fois-ci, j'en espère davantage encore. Une sorte de guérison, je pense. J'ai le sentiment qu'un bon éclairage jeté sur toute cette affaire nous ferait le plus grand bien.

Es-tu prêt à me suivre? Oui? Alors, c'est parti. Je t'annonce que le chapitre 3 vient de «larguer les amarres».

La tentation est grande de passer tout de suite à la description du Grand Événement, celui qui a fait de nous deux les parents d'Yvonne. Le souvenir en est si vif dans ma mémoire et il y a si longtemps que je me retiens d'en parler. Mais pour que tu saisisses le sens qu'il prend à mes yeux, il faut d'abord que je te mette au courant de certaines choses qui se sont passées avant et que tu ne connais pas. Il faut aussi, à mon avis, te donner mon interprétation de ce qui a indirectement préparé le terrain. C'est pourquoi je vais commencer par transcrire de longs extraits du journal intime que je tenais à cette époque pour essayer de voir clair en moi-même et pour épancher le trop-plein de mon cœur.

– Et pourquoi ne pas m'envoyer le journal lui-même? demanderas-tu.

– Parce qu'il est écrit dans un langage codé.

– Pourquoi ne pas me fournir le code? t'obstineras-tu. (Je te connais...)

– Parce que, Monsieur Pourquoi, tu n'es pas encore prêt à «digérer» tout ce que contient ce témoin d'une époque très troublée.

– Alors, c'est que tu veux cacher des choses à ton ami.

– Absolument pas! Je veux seulement choisir le moment où je les lui révélerai, c'est tout.

Je transcris d'abord, sans rien y changer, ce que j'ai rédigé le soir du 22 juillet 1952. Après coup, pour piquer un peu ta curiosité, je donne à ce passage le titre suivant :

La rivière au printemps

Récapitulons ce qui vient de se passer.

Je suis en train de décorer un gâteau. Sophie me fait la lecture d'une annale quelconque. Je l'écoute d'une oreille distraite, car les fleurs que je suis en train de dessiner demandent toute mon attention. Je remarque tout de même qu'il s'agit d'une sorte de courrier du cœur où des abonnés décrivent leurs problèmes et reçoivent les conseils d'un prêtre qui a réponse à tout.

La voix de Sophie monte soudain d'une octave, juste au moment où je termine ma dernière fleur. J'entends alors le S.O.S. d'une jeune femme qui, tout en se disant bien mariée, est éperdument amoureuse d'un homme qui n'est pas libre. Les amoureux n'ont

pas, comme elle dit, «commis l'acte», mais ils s'embrassent en ca-
chette chaque fois qu'ils le peuvent. Elle se sent très coupable et
surtout terriblement inquiète. La pauvre femme a signé : «Désespé-
rée.»

Je fais semblant de m'affairer autour de l'évier, mais je suis
maintenant tout ouïe. La réponse n'est pas tendre. En résumé, le
prêtre lui ordonne la rupture immédiate et définitive. «Il faut cesser
de voir cet homme, lui dit-il, fuir s'il le faut, prier et mortifier le corps
par le sacrifice.» Le tout est enveloppé de réprimandes et d'allusions
au rôle de la femme, qui doit se modeler sur Marie et non sur Ève.

– De l'avoine pour les cochons! s'écrie ma belle-mère. Des con-
seils de quelqu'un qui connaît rien aux femmes... ni à l'amour!

Je n'en crois pas mes oreilles! Je la regarde, la spatule en l'air,
incapable de prononcer un seul mot.

– La prière, poursuit-elle, c'est bon, mais c'est difficile de prier
quand on a pas toute sa tête. Ça prend bien un vieux curé pour dire
des affaires de même... Fuir! C'est plus facile à dire qu'à faire! Et
puis, on peut partir, mais on laisse pas le désir derrière soi. Mortifier
le corps? Ça fait juste d'empirer les choses...

Elle reste songeuse un moment, comme perdue dans ses souve-
nirs, puis elle ajoute :

– L'amour, c'est comme une rivière au printemps. On peut qua-
siment pas l'arrêter de couler.

L'accent est d'une telle sincérité que je ne peux m'empêcher de
me dire en moi-même :

– Cette femme sait de quoi elle parle. Elle est passée par là,
c'est clair. Voilà pourquoi nous nous entendons si bien toutes les
deux.

(Remarque, c'est là une explication toute personnelle. J'espère qu'elle ne te choque pas. Je n'ai aucune preuve de ce que
j'avance. Et puis, même si j'en avais, cela ne diminuerait en
rien toute l'estime que j'ai pour cette femme extraordinaire,
qui est presque une sainte à mes yeux. Je serais très peinée
d'avoir commis cette indiscrétion si elle changeait l'opinion
que tu as toi-même à propos de ta mère.)

D'un ton que j'essaie de rendre le plus naturel possible, je glisse une sorte d'objection qui, en réalité, est plutôt un appel à l'aide.

– On ne peut quand même pas laisser la rivière tout détruire sur son passage.

– C'est sûr que non! Il faut diriger le courant.

– De quelle façon? dis-je avec vivacité. (Cette fois, c'est sans doute à mon tour d'avoir un accent révélateur.)

– En nous donnant à une cause qui nous oblige à penser aux autres plutôt qu'à nous-mêmes.

– Par exemple?

Je m'aperçois que ma question la met un peu mal à l'aise. J'essaie de corriger ma maladresse :

– Vous savez, une institutrice demande toujours des exemples. Excusez mes petites manies.

– Le soin des malades est un bon exemple, dit-elle en souriant doucement.

Elle reprend le discours qu'elle me tient depuis quelques mois sur la joie que l'on éprouve à soulager la misère d'autrui. Je comprends enfin pourquoi elle me parle tant de ses visites aux malades de la paroisse : pour mon salut, elle cherche à m'entraîner à faire pareil. J'avais senti qu'elle souhaitait me voir l'accompagner, mais jusqu'ici, je ne saisissais pas dans quel but exactement. Le malheur, c'est que je n'ai aucun talent d'infirmière. Il est vrai que j'ai soigné ma mère assez longtemps, mais ce n'est pas la même chose avec des étrangers.

Il faudra que je réfléchisse à toute cette question. Pour l'instant, je m'aperçois que j'ai grand besoin de «diriger le courant». Il devient chaque jour un peu plus fort. Ce qui n'était au début qu'un petit ruisseau limpide coulant paisiblement entre les pierres est devenu, en quelques années, un dangereux torrent...

Comment en sommes-nous arrivés là? Lentement, très lentement. Sans vraiment nous en rendre compte. Je me souviens du temps où nos rapports étaient purs, fraternels. Puis, j'ai voulu faire mes humanités sous sa direction. Nos longues séances d'études dans la cuisine ont multiplié nos contacts. Elles nous ont rapprochés, dans tous les sens du mot. Qui a d'abord cherché le genou de l'autre sous la table? Je sais seulement qu'au commencement, il était impossible de savoir si nos frôlements étaient volontaires ou non. Quand nos mains commencèrent aussi à s'effleurer, il n'était plus possible de nous raconter des histoires sur nos intentions... et sur nos désirs...

Pourtant, je ne me rappelle pas avoir fait le moindre geste. Peut-on dire que j'ai seulement accueilli les siens? Non, ce serait faux. J'étais très réceptive, très consentante, il devait le sentir. À ma manière, je l'encourageais à continuer.

Les baisers ont suivi. Timides d'abord. À la sauvette. Puis, de plus en plus fréquents, de plus en plus passionnés. Au point où c'est à se demander si nous pouvons en rester là...

Ce qui nous a sauvés jusqu'ici, c'est le manque d'occasions. Nous ne sommes presque jamais seuls pendant plus de quelques minutes. En femme qui connaît la nature humaine, Sophie a compris assez tôt où pouvait nous mener cette attirance entre son fils et moi. Si, au début, elle ne semblait pas voir d'un mauvais œil notre amitié fraternelle, elle s'est très vite donné comme tâche de nous surveiller étroitement. Elle trouvait amusant, disait-elle, de m'entendre ânonner le grec, mais combien de fois ne l'ai-je pas surprise en train de bâiller sur son tricot pendant que je commentais une thèse de saint Thomas ou un vers de Racine! Pour rien au monde, elle ne serait montée se coucher avant le départ de mon professeur.

«Je fais mon cours classique», disait-elle en riant aux voisins qui ne se privaient pas d'arriver à n'importe quelle heure. «Alpha, beta, gamma, delta», récitait-elle d'un air joyeux. «Quand on vit avec une bru qui arrête pas de s'instruire, on peut pas rester dans l'ignorance crasse», ajoutait-elle pour les convaincre.

Que serait-il arrivé si nous nous étions retrouvés seuls pendant toute une soirée? Jusqu'à cet été, j'ai tendance à croire que j'aurais pu compter sur ma volonté et sur la sienne pour éviter le pire (ou le meilleur...). À présent, je ne peux rien garantir... Je me sens de plus en plus emportée par la passion. C'est comme une maladie... dont je ne souhaite pas guérir. Du moins pas tout de suite.

Je compte sur la visite qui arrive bientôt et sur le retour de Pierre la semaine prochaine pour me changer les idées. S'il pouvait pleuvoir, je me sentirais peut-être moins à bout de nerfs.

Voici maintenant ce que j'ai confié à mon journal le soir du 24 juillet.

Quelle journée! La chaleur! L'effort physique qu'exige la construction de l'autel à sainte Anne! Et surtout, disons-le, la quantité d'énergie que je dois dépenser pour arriver à me comporter correctement! Vraiment, la situation entre lui et moi est devenue impossible. Ces longues heures que nous venons de passer à travailler côte à côte sont terriblement éprouvantes pour les nerfs. Chez lui comme chez moi, le désir augmente sans la moindre possibilité de soulagement. Sophie et Michel ne nous quittent pas d'une semelle, ce qui interdit toute caresse et même toute parole qui pourrait servir de soupape. Aujourd'hui, la tension a atteint les limites du supportable.

Chaque fois que je surprenais son regard posé sur moi, je sentais monter en moi un bouleversement que j'aurais voulu à la fois lui cacher et... lui montrer. Autant j'aurais voulu lui faire comprendre que j'acceptais son hommage silencieux, autant je voulais éviter de le provoquer. Ce débat qui se déroulait dans mon âme me faisait agir d'une façon qu'il devait avoir de la difficulté à comprendre. Tantôt je le regardais tendrement, tantôt je fuyais son regard. Une vraie coquette qui cherche à aguicher un homme.

Je le vois souffrir et cela me désespère. Il est extrêmement tendu, c'est clair. Lui d'habitude si adroit, il commet bêtise sur bêtise. Il a même scié de travers une planche qu'il avait pourtant mesurée avec soin. Dans cette comédie des erreurs, je lui donne la réplique. N'ai-je pas renversé de façon stupide une pleine boîte de clous?

— J'ai les mains pleines de pouces, ai-je dit pour m'excuser.

Ma remarque a beaucoup amusé Michel qui ne connaissait pas cette expression. Cher trésor, lui non plus je ne peux l'embrasser. Son père redoute que j'en fasse un efféminé. Il lui a fourré dans la tête qu'un «vrai mâle» (de cinq ans!) ne se laisse pas «minoucher» par sa mère.

Drôle de bête que la virilité. La cruauté la fait grandir et la tendresse la tue. C'est du moins ce que l'on veut nous faire croire. J'ai mes doutes là-dessus. Si le modèle masculin que l'on nous présente vient de la nature, comme on le prétend, comment expliquer qu'il puisse facilement être mis en danger par des gestes aussi naturels que les caresses d'une mère? Et puis, même si c'était le cas, où serait le problème? Au contact des humains, bien des animaux se sont domestiqués sans que personne ne s'en porte plus mal, il me semble. Personne ne regrette qu'ils aient perdu leurs instincts cruels. Si les hommes se laissaient davantage influencer par les femmes, ils finiraient peut-être par se débarrasser de leur penchant à s'entretuer. L'humanité en serait-elle plus malheureuse?

En attendant cet âge d'or, je m'aperçois qu'il n'est pas facile d'élever un garçon. Pour éviter d'en faire un homme dur et cruel, je ne voudrais pas tomber dans l'excès contraire. Je veux aussi respecter le besoin de liberté de Michel et son envie d'être avec d'autres enfants. C'est pourquoi j'ai accepté qu'il aille demain aux bleuets avec les voisins. Je le trouve bien jeune pour passer toute une journée sans autre surveillance que celle de Charles, qui n'a que 12 ans. Mais je ne peux le priver de cette sortie. Il reste que c'est surtout demain que j'aurais envie de l'avoir près de moi. Puisqu'il faut que je sois chaperonnée comme une couventine, je n'aurais pas détesté qu'il vienne avec nous à l'église. En plus des petits services qu'il peut rendre, il nous distrait de temps en temps par ses espiègleries.

Je ferais mieux de me reposer. La journée de demain risque d'être très fatigante. Il faut terminer l'autel, décorer le trône, préparer la procession, etc., etc. En l'absence de Michel, que fera Sophie? Va-t-elle redoubler de vigilance (ce serait terrible!) ou fermer les yeux par moments (ce serait dangereux!)?

Bonne sainte Anne, en cette vigile de votre fête, ayez pitié de votre enfant qui désire ardemment ce qu'elle redoute par-dessus tout.

La seule phrase que contient le journal du 25 juillet est la suivante : *S'il n'était pas aussi tard ou si j'étais moins fatiguée, je raconterais l'histoire de la grosse «boulange».* Je reconstitue donc pour toi cet événement dont tu ne connais qu'un côté.

La grosse «boulange»

«Qu'est-ce qui lui a pris de faire du pain aujourd'hui?» Cette question, qui m'avait trotté dans la tête durant la matinée, se faisait plus insistante maintenant que la boulangère était partie travailler à la gloire de sainte Anne en me laissant m'occuper de la cuisson. Même si la réponse était claire, je m'entêtais à ne pas la trouver.

«Il fait au moins 90 degrés à l'ombre et je vais devoir bourrer le poêle tout l'après-midi! Qu'est-ce que j'ai fait pour qu'on me condamne à rôtir comme ça de mon vivant? Rien! Absolument rien! Même pas un petit baiser... Et pourtant, j'en avais une terrible envie! À mon humble avis, ce n'est pas l'enfer que je mérite, c'est la palme des martyrs, rien de moins. Maria Goretti l'a eue, elle, pour avoir dit non, mais rien ne prouve que son assassin lui ait inspiré le moindre désir. Je n'appelle pas ça de l'héroïsme, moi. Être héroïque, c'est dire non quand on voudrait dire oui et... vice versa, parfois... Seigneur, quand nous donnerez-vous une sainte qui serait imitable, de temps en temps au moins!»

La mauvaise humeur me gagnait. Je saisis le tisonnier et d'un coup rageur, je fis jaillir une colonne de «beluettes». Puis, je choisis trois gros rondins de bouleau et les jetai au feu. Avant que j'aie eu le temps de remettre le rond en place, le «machecoui» grésilla, m'envoyant à la figure une bonne bouffée de boucane. Je laissai échapper un «Sainte mère de Dieu» qui était moins une invocation qu'un juron, hélas!

J'avais prévu que durant la cuisson de la première fournée, je terminerais le repassage que j'avais commencé avant le dîner. Toutefois, le moment venu, la tentation était grande d'envoyer promener cette fatigante besogne. Tout en rangeant la cuisine, je cherchais dans ma tête un bouc émissaire et un moyen d'échapper à mon sort.

«Elle commence à me taper sur les nerfs, la sainte Anne! Parce que c'est sa fête demain, il n'y a plus qu'elle qui compte ces temps-ci : trône, neuvaine, procession et tout le tralala. Cela serait juste et bon si pendant ce temps, le ciel daignait s'occuper du ménage. Mais non! Pas de danger que les saints s'abaissent à faire des travaux domestiques! Ils aiment les miracles joliment plus glorieux. Ils préfèrent jouer au médecin, par exemple. Ça fait plus distingué. Ça serait pourtant commode, un saint qui, moyennant quelques prières, vous ferait votre ouvrage comme par enchantement. Je lui offrirais bien une douzaine de chemins de croix d'affilée s'il voulait me débarrasser de mes corvées aujourd'hui.

«Ouais... il faut être réaliste, je crois bien : un tel saint – qui serait nécessairement une sainte – n'existe pas. Pour la simple et bonne raison que ça ne serait pas payant. Qui bâtirait une basilique dédiée à une sainte martyre de la poussière? Qui lui organiserait des pèlerinages? Et puis, reconnaissons-le, ça manquerait d'élégance. Comme ex-voto, béquilles et lunettes font tellement plus sérieux qu'un vulgaire balai.

«Conclusion : la maison peut bien s'en aller "à la valedrague", le ciel s'en moque, la bonne sainte Anne la première. Ça ne la dérange pas du tout de laisser les tâches déplaisantes à la pauvre Madeleine qui, aujourd'hui, encore moins que les autres jours, n'a pas la moindre envie de faire le repassage.»

En réalité, je n'avais pas le choix. Le linge, humecté depuis le matin et enroulé dans des serviettes, risquait de moisir dans cette chaleur. «Allons, ma vieille, serre ton moulin à blasphèmes et sors la planche à repasser», me dis-je à la fin de ce monologue.

D'un doigt mouillé de salive, je vérifiai la température des fers. Aucun ne me parut assez chaud. «Tant pis! me dis-je. Ce n'est pas aujourd'hui que je vais montrer mon habileté dans l'art de dérider. Et puis, je repasse les tabliers de ma belle-mère, pas le surplis de Monseigneur...»

Je m'attaquai aux malheureux tabliers. «Attaquai», c'est le mot! J'y allais à grands coups. La poignée du fer se plaignait dans un cliquetis qui fouettait mon ardeur au combat. On a beau être apôtre de la paix, il est des jours où il faut se battre contre quelque chose si l'on veut éviter de se battre contre quelqu'un.

Malgré leur farouche résistance, les tabliers furent donc écrasés à plate couture ainsi que mes autres ennemis : quelques dizaines de mouchoirs de la même famille. Je les expédiais «de l'autre bord» sans la moindre pitié, comme autant d'infidèles aux mains des conquérants. L'exécution se faisait en deux temps trois mouvements, ou pas beaucoup plus.

Cette terrible mission accomplie, je humai une odeur qui me rappela que j'avais encore du pain sur la planche, au propre comme au figuré. Constatant que la fournée était dorée au goût des Arsenault mère et fils (c'est-à-dire à moitié cuite selon mes goûts), je la retirai du four et la remplaçai par une deuxième. L'opération acheva de me mettre en nage.

«C'est un bon bain qu'il me faut, me dis-je en essuyant la sueur qui m'aveuglait. Si ça pouvait me rafraîchir et me calmer les nerfs...»

Dès que je fus dans la baignoire, je sentis mes muscles se relâcher. J'en profitai pour examiner ma situation non plus à travers la lunette de mon impatience, comme je venais de le faire, mais avec sérieux.

Sophie ne pouvait ignorer qu'il nous restait du pain pour au moins deux jours. Elle savait également qu'elle devait nous aider à terminer les préparatifs de la fête. C'est elle qui avait dessiné le trône de sainte Anne, il était impensable de se passer d'elle pour la touche finale. Si donc elle avait fait une aussi grosse «boulange», ce n'était pas pour me punir, mais uniquement dans le but de m'aider. Elle avait voulu me garder à la maison pour nous éviter la situation difficile de la veille.

Je n'avais pourtant aucune envie de lui dire merci.

«Ai-je vraiment besoin des services de cet ange gardien? me disais-je. Il me semble que non. Et si ça continue, il risque de se faire congédier en termes plus ou moins polis, je le crains. Ah! passer une heure, une petite heure toute seule avec Louis*...»

---

* Depuis longtemps, c'est ainsi que je t'appelais dans le secret de mon cœur. Le mot «père» m'a très tôt paru tellement déplacé... Tu as dû remarquer d'ailleurs que je l'emploie le plus rarement possible quand je t'adresse la parole. Je t'avoue aussi que bien avant d'oser te tutoyer dans l'intimité, je le faisais souvent en pensée.

Le bain me rendait sensuelle... Je coupai court à ces rêveries dangereuses en m'essuyant brusquement. Mais, contrairement à mes habitudes, je ne mis pas de peignoir.

«La chaleur justifie le costume d'Ève», me dis-je en remettant la salle de bains en ordre.

Le respect de la vérité m'oblige à dire que ladite chaleur n'était pas seulement celle de la canicule de juillet...

Je regagnai ma chambre où je continuai de vaquer à mes occupations, nue comme un ver! La chose ne m'était pas arrivée depuis qu'à l'âge de cinq ou six ans, ma grand-mère nous avait surprises, ma sœur et moi, déguisées en anges. Elle nous avait fait comprendre, à coup de tapes, qu'il n'y a rien d'angélique pour une fille de se promener «les fesses à l'air». Et voilà que 20 ans plus tard, je recommençais... Du haut de son paradis où elle n'avait rien dû perdre de ce tableau (une bonne place était pour elle synonyme d'un endroit où l'on peut voir tout ce qui se passe sur la terre comme au ciel), ma pauvre grand-mère dut rougir de honte. Si elle fut tentée de se voiler la face, elle s'est sûrement ravisée assez vite pour ne pas manquer le reste du spectacle. Il n'était pas ordinaire, même s'il laissait beaucoup à désirer.

Pendant que je refaisais mon chignon, la vue de ma nudité dans le miroir m'intimida un peu. Si, en général, je n'étais pas mécontente de mon physique, je déplorais cependant certaines insuffisances. Une poitrine généreuse, par exemple, me paraissait un atout dont j'étais privée. Pendant quelques secondes, je m'imaginai pourvue du buste des filles de calendrier... L'image me fit éclater de rire.

«À quoi cela te servirait? me demandai-je. Tes humbles attraits te causent déjà assez de problèmes...»

Sur ce, je mis quand même ma robe la plus décolletée et descendis à la cuisine. La deuxième fournée était passablement plus «grâlée» que la première. Je m'en réjouis, d'autant plus que je n'avais pas fait exprès.

«À défaut d'autre chose, j'aurai au moins le plaisir de manger du pain cuit comme il faut. Pour une fois!»

La cuisine étant devenue un véritable enfer, je me réfugiai au salon où les épais rideaux faisaient régner une agréable pénombre. Je m'assis au piano et laissai mes doigts courir machinalement sur le clavier. Petit à petit, un air émergea : le nocturne de Chopin que j'avais si souvent interprété pour toi. Chaque fois, tu avais manifesté un tel ravissement que je ne pouvais plus le jouer sans penser que d'une certaine manière, par le biais de la musique, je me donnais un peu à toi...

Ce jour-là, les notes devenaient de petites touches qui traçaient en moi le trop séduisant portrait de notre couple... Il me semblait sentir sur ma nuque la douceur de ton souffle tout comme le soir où, ta mère s'étant éclipsée pendant quelques secondes, tu y avais déposé un tendre baiser.

Je ne fus donc pas très étonnée quand, le morceau terminé, tu as fait pivoter mon tabouret pour me prendre dans tes bras.

L'idée ne me vint même pas de te demander l'objet de ta visite. L'heure n'était pas aux bavardages, mais aux choses sérieuses. Je ne plaisante pas! Tu ne trouves pas ça sérieux, toi, les caresses? Eh bien, moi si! C'est une nourriture essentielle. Quand on en est privé trop longtemps, on risque de dépérir. J'en savais quelque chose cet été-là. Et tu m'as paru assez affamé toi-même, si tu me permets cette réflexion. Voilà pourquoi nous avons si vite «ambitionné sur le pain bénit»...

Tout à coup, j'entendis le claquement de la porte de la cuisine suivi d'un cri perçant :

– Maman, maman, je m'ai noyé!

Je me reboutonnai en toute hâte et courus à la rencontre de Michel qui, trempé de la tête aux pieds, avait visiblement eu plus de peur que de mal. J'avais à peine eu le temps de le déshabiller et de lui jeter une serviette sur les épaules quand le téléphone sonna. C'était ta mère qui me demandait si tu avais trouvé ce que tu cherchais!

– Il est parti chercher une sorte d'outil. Quand j'ai vu qu'y prenait bien son temps, j'en ai profité pour venir me reposer au presbytère.

– ...

– Y doit faire très chaud chez nous, avec le four qui chauffe...

– ...

– Si tu le vois, dis-lui que je m'en retourne à l'église. Il reste encore beaucoup de travail à faire.

– ...

– Ça fait une bonne demi-heure qu'il est parti...

Je cherchais désespérément une phrase, un mot. Rien ne sortait. Soudain, j'aperçus Michel qui gesticulait. Je me jetai sur son aventure comme sur une planche de salut.

– C'est que... voyez-vous, Michel s'est noyé...

– Quoi? hurla-t-elle.

– Je veux dire qu'il est tombé dans le ruisseau. Il va tout vous raconter lui-même.

Je tendis le récepteur au petit rescapé et courus au salon. Tu avais déjà quitté la pièce. Par la fenêtre, je te vis sortir de la remise, un tournevis à la main.

«Finirons-nous par trouver ce que nous cherchons tous les deux?» me demandai-je.

Puis, dans un long soupir, je murmurai :

«Qu'est-ce au juste que nous cherchons, au fond?»

Je copie maintenant, tel quel, tout ce que j'ai écrit le lendemain, c'est-à-dire le 26 juillet. C'est très long et bourré de détails qui ne me paraissent pas tous inutiles... Tu comprendras ce que je veux dire quand tu auras tout lu.

Pour te rappeler des souvenirs, j'intitulerai ce passage :

Visite des États

À cette heure-ci, il serait plus sage de dormir que de revenir sur les événements de la journée. Mais j'ai moins besoin de sommeil que d'orientation. J'avance sans trop savoir où je vais. Ou plutôt, je sais fort bien où je vais aboutir si je continue de me laisser rouler sur cette pente...

Regardons d'abord le trajet parcouru aujourd'hui en essayant de distinguer ma part de responsabilité. Si j'en ai encore le courage, je pourrai examiner ce qui risque de se trouver au bout du chemin.

J'avais l'intention de ne pas m'asseoir près de lui durant le souper. C'est moins la vertu qui me poussait que le désir de jouer mon rôle d'hôtesse comme il faut. Pierre n'étant pas là pour accueillir Raymond et sa famille, je devais me montrer deux fois plus avenante. Sophie et moi, nous avions beaucoup travaillé pour que ce repas soit un succès. Je ne voulais pas gâcher le service en me laissant distraire par une main ou une cuisse trop affectueuse. «Quand on met les petits plats dans les grands, il faut éviter de mettre les pieds dedans», disait maman quand nous nous préparions à recevoir ceux que mes frères appelaient «de la grosse gomme».

J'avais tout prévu... ou presque. Ce qui est venu déranger mes plans, c'est le grand désir de Nancy et Jennie de s'asseoir de chaque côté de Michel. Je pouvais difficilement refuser de céder ma place. Surtout que tout le monde trouve si charmante la passion des jumelles pour leur jeune cousin et si drôles les grimaces qu'il leur fait pour leur échapper. Bref, j'allais me retrouver assise à la gauche de Louis. Je pris rapidement une décision qui, je le savais, avait peu de chance d'être acceptée, mais c'était ma seule bouée de sauvetage.

– De toute façon, je vais rester debout pour faire le service.

– Pantoute! s'écria Raymond. Tu t'assois et tu manges avec nous autres!

– J'ai toujours vu ma mère debout quand nous avions des invités, ajoutai-je pour sauver la face.

– Ta mère! C'est parce qu'elle était à l'ancienne mode. Ça se fait pus, ça, servir la parenté comme si c'était une gang d'innocents trop niaiseux pour trouver le beurre sur la table.

– Mon mari a raison, ajouta Cathy, avec son petit accent américain.

– En tout cas, renchérit Raymond, moi je mangerai même pas une tétine de coque si tu mets pas au moins une fesse sur ta chaise.

Je m'assis donc sur la chaise voisine de celle de Louis pour un bout de temps. Assez longtemps en tout cas pour m'apercevoir qu'il avait compris mon message.

Au dessert, je commençai à respirer. Il semblait bien que le repas allait se terminer sans fausse note. C'était compter sans les projets de Raymond.

Il décida tout d'un coup qu'il voulait un souvenir de mon gâteau et courut chercher son Kodak. Comme il n'arrivait pas à inclure tout le monde dans le portrait, je voyais venir le moment où il nous demanderait de nous rapprocher, Louis et moi. Je n'eus pas à attendre bien longtemps.

– Allons, Madeleine! On dirait que t'as peur de ton saint beau-frère. Tu devrais pourtant savoir qu'y a jamais un homme de la famille qui a fait mal à une femme. J'en connais même queuques-uns qui leur avont fait un «lotte» de bien. Pas vrai, la mère? Ça fait que tu peux être tranquille, ma belle, un Arsenault, ça mord pas.

Je me contentai de sourire. Il se tourna alors vers Louis.

– Toi, le petit pére, tu me décourages tout net! Faut croire que le séminaire a fini de te limer le petit brin d'Arsenault que t'avais avant de partir. Enwaye! Grouille! Prends ta belle-sœur par le cou. Fais queuque chose, by Cripe! Montre-nous que t'as pas les deux bras dans la même manche de ta soutane!

À ma grande surprise, voilà mon Louis qui embarque dans le jeu! Il me saisit par la taille et m'attire contre lui en riant. Il pousse même l'audace jusqu'à dire :

– Si ça te fait plaisir, Raymond, je peux bien l'embrasser.

C'est Sophie qui me sort de cette situation difficile en disant :

– Vous trouvez pas, les garçons, que c'est assez? Madeleine a pas été élevée comme ça.

– Excusez-moi, Madeleine, dit aussitôt Louis en laissant tomber son étreinte. (Il ne se prive pas, par exemple, de glisser sa main le long de ma cuisse quelques instants, ce qui a dû faire tourner mes joues du rouge au pourpre.)

– Pardonnez-moi, Madame, singe alors son frère sur un ton des plus comiques. J'ai un extrême regret de vous avoir offensée.

Puis, incorrigible, il avance sa grande patte d'ours jusqu'à moi et, tout en me chatouillant le menton, me sert la vieille blague :

– Est-ce que le péché vous déplaît?

Je choisis d'en rire, sachant bien que tout cela n'est que de la taquinerie, rien de plus.

– Belle-maman, dis-je pour changer le sens de ces paroles, vous devez être contente de voir que votre fils n'oublie pas son acte de contrition à Bangor.

Raymond ne lui laisse pas le temps de répondre.

– Vite, on mange le gâteau avant qu'il moisisse!

Après quoi il annonce :

– Toute la famille dans le char, on va voir ma tante Eugénie.

À cause de la quantité de vaisselle que j'avais à faire, je n'avais aucune envie d'aller voir cette vieille dame sourde que je connaissais à peine. De plus, les rares fois où je l'avais vue, elle avait clairement montré sa méfiance envers celles qu'elle appelait «les femmes instruites».

– Amusez-vous bien, dis-je.

– Qu'est-ce qui te prend? dit Raymond. T'es pas de la famille, aujourd'hui?

Il me fallait une excuse. J'en bafouillai une qui me paraissait assez vraie :

– Il n'y a pas assez de place pour tout le monde.

C'était bien la pire que je pouvais trouver!

– Pas assez de place? Oublies-tu que j'ai une Buick? Des petites femmes comme toi, Cathy, ma mère et les jumelles, on peut en mettre une douzaine dans c'te machine-là! Y en a pas une de vous autres qu'a les fesses plus larges que ma main.

Tout le monde s'en mêla. J'eus beau protester, il fut décidé que je serais du voyage et que le départ se ferait dès que les femmes auraient fini la vaisselle.

J'étais en train d'essuyer un beau plateau reçu en cadeau de noces quand je me mis à penser à la distribution possible des places dans l'automobile. J'avais la certitude que Raymond allait faire asseoir sa femme et sa mère en avant. Il y avait donc de fortes chances que je me retrouve à côté de Louis. «Seigneur!» criai-je au moment où le plateau me glissait des mains pour aller s'émietter par terre.

Je ne savais plus si je désirais ce rapprochement ou si je le re-doutais. Il me semblait que je faisais les deux à la fois. Je décidai donc de ne rien faire qui ferait pencher la balance d'un côté plutôt que de l'autre. «Qu'ils décident, me disais-je. De toute façon, je com-mence à croire que je n'ai plus droit au libre arbitre aujourd'hui.»

J'aboutis à côté de Louis sans avoir eu à le décider. L'aller ne présenta pas de problèmes. Quelques attouchements hâtifs – qui pouvaient paraître accidentels – tout en participant activement à la conversation. Mais le retour! Doux Jésus, quand j'y pense...

Justement, depuis que je suis seule, j'ai tout fait pour ne pas y penser à ce voyage de plus d'une heure dans le noir! Si je me suis tant attardée à décrire ce qui précède, c'est pour éviter de me délec-ter du souvenir de ces caresses toutes nouvelles qui me donnent en-vie de courir au presbytère pour y passer la nuit!

Je m'aperçois que la seule activité qui me détourne un peu de cette terrible tentation, c'est celle que je suis en train de faire. Mais je ne peux tout de même pas écrire toute la nuit. Ni toutes les nuits qui viennent! Seigneur, que vais-je devenir?

Je viens de me relire. Je me suis donné le beau rôle dans tout cela. On dirait une héroïne de roman qui n'est responsable de rien. Moi qui avais l'intention d'examiner ma part de responsabilité dans le «trajet» parcouru, je n'ai fait que me justifier. Allons, ma vieille, un peu de courage! Étudie avec soin ton comportement durant le voyage de retour. Il y a peut-être quelque leçon à en tirer pour l'ave-nir.

Nous nous apprêtons à monter dans la Buick. Michel dort sur mon épaule. Les jumelles, qui sont déjà assises en arrière, insistent pour qu'on l'étende sur leurs genoux. J'accepte. (Avec plaisir, dis-le.) Louis m'ouvre la porte. Je dépose mon précieux fardeau et je m'as-sois à côté d'elles. Le temps d'une seconde ou deux, je me dis que je pourrais m'asseoir près de Cathy. Si je disais à Sophie que je me sens mal, elle me donnerait volontiers sa place. Mais je reste muette. En réalité, je pense aux caresses d'hier, dans le salon, et je n'ai qu'une envie : recommencer. Après tout, je n'ai plus les mêmes raisons d'être vigilante que durant le souper.

«Tu joues de plus en plus avec le feu», me réplique ma cons-cience. L'image des damnés que contient le Grand Catéchisme me

traverse l'esprit un bref instant, mais la main de Louis sur mon bras la fait disparaître aussitôt. Ce sont alors mes doutes sur l'existence de l'enfer qui prennent le dessus. Et je me mets à me faire du paradis une idée pas très catholique...

Nous sommes à peine partis quand Sophie se retourne pour me tendre son châle :

— Il faudrait peut-être abrier le petit, la nuit est plutôt fraîche.

— Vous avez raison, dis-je en acceptant son offre.

Mais les petites mamans ont déjà eu la même idée. Elles ont recouvert leur «Miky» du manteau qui traînait sur le siège.

— Garde le châle pour toi, me dit alors ma belle-mère. T'en as plus besoin que moi. Ta robe est légère. Moi, j'ai des manches longues.

Je me fais du châle une couverte qui me descend presque jusqu'aux pieds. (Avoue qu'en faisant cela, tu savais très bien que tu le mettais à l'abri des regards.) Bon, admettons. Mais ce que j'ignorais, c'est qu'il y aurait de nouvelles «explorations». J'avais imaginé que nous resterions en territoire connu...

Sainte Mère de Dieu, me voilà encore tout allumée!

Je ne vois plus qu'une seule solution pour me délivrer une fois pour toutes de ce désir qui m'envahit tout entière : y céder! Une fois, je ne demande qu'une fois. Une seule nuit passée avec lui et je renonce à cet amour impossible.

C'est de la pure folie, ce que je dis là, j'en suis consciente. Et pourtant, jamais je ne trouverai la force de me priver de cette liaison sans connaître exactement ce que j'accepte de sacrifier. Les caresses de ce soir, plus encore que celles d'hier, me font entrevoir des degrés de volupté que je n'aurais pas crus possibles. C'est comme si je prenais conscience tout à coup que je n'ai jamais vraiment fait l'amour. Une partie à la fois, mon corps s'éveille à des plaisirs inconnus en vibrant sous les doigts de l'homme que j'aime. Comment alors ne pas rêver de ce que serait la vibration de nos deux corps à l'unisson? Le don total et mutuel, le grand acte, je veux connaître tout cela. Savoir une fois pour toutes ce qui en est. Aller jusqu'au bout. Goûter avec lui tout ce que je peux goûter. Un nuit de folle orgie.

Ensuite, je saurai à quoi je renonce.

Et lui, dans tout cela? Est-ce bien ce qu'il désire? Il faudrait que je le sache, tout de même. Parfois, j'ai l'impression qu'il hésite, qu'il est aussi déchiré que je le suis. Ce soir, par exemple, il s'arrêtait, par moments. Mais quand il recommençait, c'était pour aller encore un peu plus loin. Est-ce moi qui le provoque, qui le tente au-dessus de ses forces? Compte-t-il sur moi pour le retenir? Si oui, il est perdu. Ces temps-ci, je n'ai pas la force d'être la gardienne du temple. Je risque bien plus d'y mettre le feu moi-même. En tout cas, je brûle du désir de lui faire connaître des plaisirs qui devraient lui être inconnus. Quoique... au sujet de sa vertu, je commence à me poser des questions. Si j'en crois sa famille, il n'a pas une bien longue expérience des femmes. Où alors va-t-il chercher tant d'habileté? A-t-il un don naturel? Ce n'est pas impossible. Dans ce domaine, un homme peut avoir de la pratique sans être un as pour autant, je le sais. (Oh oui! Seigneur! que je le sais!) Il faut croire que c'est l'attitude qui donne l'aptitude.

J'ai la main tout engourdie; je sens venir une crampe. Voilà une bonne raison pour mettre le point final. Vais-je en profiter pour me faufiler hors de la maison? Si j'étais certaine de ne pas être vue, je le ferais!

Quels sont les risques d'être découverte? Pas très grands, me semble-t-il. Il est vrai qu'en plein été, les gens circulent très tard. Par contre, s'il est un endroit où l'on peut entrer à toute heure, c'est bien au presbytère. Que se passerait-il si quelqu'un m'apercevait? On «jaserait», bien entendu. Mais si cela ne se produit qu'une seule fois...

Qui ne risque rien n'a rien. Le jeu n'en vaut-il pas la chandelle?

Je vais apporter le châle de Sophie et le mettre sur ma tête en sortant, comme elle le fait parfois quand elle veut éviter de prendre le serein. Ce sera un bon déguisement. Dans l'obscurité, on ne me reconnaîtra pas.

L'obscurité? Mon Doux! Mais le jour commence déjà à se lever!

Tant pis! J'irai la nuit prochaine. Tu ne perds rien pour attendre, mon ami!

Le journal est muet sur les événements qui sont survenus au cours des jours suivants. Cela se comprend! Je vais donc les reconstituer de mémoire. Sans difficulté, car il me semble que c'était hier.

L'adoption

Contrairement à son habitude, Raymond dormit très tard le lendemain de notre visite chez tante Eugénie. Toute la famille lui en fut reconnaissante, car la voix retentissante de ce géant vous réveillait une maisonnée mieux que tous les coqs de la paroisse réunis. Il devait être dix heures quand j'entendis son cri d'ogre affamé :

– Si vous venez pas déjeuner avec moi, je garantis pas qu'y restera du *puffed wheat* quand j'arai fini...

Je me débarbouillai en vitesse et me mis un peu de poudre pour maquiller les traces de ma nuit d'écriture. Sans succès, si j'en juge par la réaction qu'eut Raymond en me voyant.

– Pour l'amour du petit Jésus en couche, d'où c'est que tu sors? As-tu passé la nuit sur la corde à linge?

– Voyons, Raymond! dit sa mère. Penses-tu que t'as l'air d'une rose à matin?

– Ça, c'est parce que je suis pas encore rasé. Madeleine, elle, c'est pas pareil... Va falloir que j'y parle, à mon frère. Ç'a pas de bon sens! Un vrai scandale!

Je gage que j'ai rougi jusqu'aux aisselles! En tout cas, je mis un peu de temps avant de comprendre que ce n'était pas de toi qu'il parlait.

– Moi, poursuivit-il, y a rien qui me fait plus pitié qu'une veuve à l'herbe. Je vas y dire, à Pierre! Y devrait avoir honte! Être marié à une belle femme de même, jeune et pas folle en toute, pis la laisser sécher deboute, ça crie vengeance, *by Cripe!*

Après le déjeuner, ta mère me fit signe qu'elle souhaitait me parler loin des oreilles américaines. Je la suivis dans sa chambre.

– Raymond a décidé de m'acheter une robe et un chapeau. Y veut qu'on aille magasiner à B. cet après-midi. Moi, je devais aller voir Marguerite aujourd'hui. Alle en a pas pour longtemps, la pauvre fille, et a voudrait recevoir l'extrême onction. J'ai essayé d'expliquer ça à Raymond, mais c'ti-là, y est pareil comme son défunt pére, quand c'qu'y a de quoi dans la tête...

Je lui fis un petit clin d'œil pour indiquer qu'à mon avis, il n'était pas le seul de ses fils à avoir ce petit défaut... (Non, non, ce n'est pas à toi que je pensais, voyons! Il y d'autres Arsenault têtus...)

– J'avais promis à Marguerite que je la laverais et que je la changerais, poursuivit-elle. Je me demandais si que tu...

Elle hésita un moment.

– Si que tu parlais à Raymond, il accepterait peut-être d'attendre que Pierre revienne. On irait à B. tout le monde ensemble.

Et sans me laisser le temps de répondre, elle ajouta en me regardant tendrement :

– À moins que tu sois assez fine pour me remplacer chez Marguerite. Michel peut venir avec nous...

– Même si je suis incapable de vous remplacer, je serai heureuse de vous rendre ce service. Je ferai de mon mieux...

Je dois reconnaître que c'est surtout la possibilité d'un bon tête-à-tête avec toi qui me fit accepter la proposition.

Elle me mit doucement la main sur l'épaule.

– Cette visite te fera le plus grand bien. T'en as besoin, ma chère petite...

C'était la première fois qu'elle me parlait ainsi. Sans la regarder, je mis ma main sur la sienne et murmurai :

– Merci, belle-maman!

Elle me serra quelques instants dans ses bras et sortit sans autre commentaire.

La joie de me retrouver avec toi diminua de beaucoup quand j'aperçus Valmond sur le siège à côté de toi. Comme il ne portait pas son surplis mais une salopette et une vieille chemise déchirée, je me demandai pourquoi il nous accompagnait. J'eus envie de te demander si tu t'étais engagé un garde du corps, mais je me retins en pensant que ma plaisanterie risquait de te déplaire.

Au bout de quelques minutes, je m'aperçus que le jeune garçon jouait fort bien le rôle de jaseur intarissable, en tout cas. «L'a-t-il amené pour que nous n'ayons pas la chance de discuter, lui et moi?» Je me posais sérieusement cette question, d'autant plus que tu ne m'adressais presque jamais la parole. De ma place, à l'arrière, je ne te voyais que de profil. Tu avais l'air absent. Tu répondais à peine au verbiage de Valmond, toi d'habitude si aimable.

En arrivant dans le portage, Valmond te demanda s'il pouvait aller «tordre sa mitaine». Même si je n'avais jamais entendu l'expression, je compris tout de suite ce qu'il voulait, mais il a fallu qu'il te le dise en termes pas mal moins polis pour que tu comprennes. Tu avais l'esprit ailleurs, c'était clair.

Pendant que notre chaperon disparaissait dans le sous-bois, je me permis une petite taquinerie pour tâter le terrain.

– J'ai le goût de faire comme Raymond ce matin et de vous demander si vous avez passé la nuit sur la corde à linge...

– Non, mais c'est comme si.

– Vous avez mal dormi?

– J'ai pensé à v..., à toi toute la nuit.

– Moi aussi, j'ai pensé à vous, à... toi, tellement que j'ai bien failli aller... te trouver.

– Tu aurais dû venir!

– J'irai cette nuit... si tu veux.

– Oui, je le veux.

Valmond revenait déjà en boutonnant sa braguette. Il chantonnait, une tige de foin entre les dents. À ma grande satisfaction, il ne dit pas un mot durant le reste du voyage. J'avais grand besoin de ce silence pour réfléchir à la décision que nous venions de prendre.

En arrivant chez Marguerite, je vis sa mère qui puisait de l'eau près de la maison. Quand elle nous vit, elle posa son seau sur la margelle du puits et s'avança vers nous en boitant fortement. Elle paraissait contente de nous voir, mais c'est Valmond qu'elle salua avec le plus d'insistance.

– Ah! mon fendeux de bois! T'arrives juste à temps. Je dois faire un gros lavage demain matin si y fait beau.

J'étais soulagée de savoir enfin pourquoi ce garçon était venu avec nous. Étant donné l'ouvrage qu'il devait faire, j'étais même contente que tu aies choisi non pas le plus dévot de tes enfants de chœur ni le plus poli, mais le plus fort.

– Comment va votre fille, Madame Robichaud?

Le ton de ta voix avait pris soudain une qualité nouvelle qui exprimait une sorte de compassion dont je fus très frappée.

– Alle a eu une très mauvaise nuit. J'ai cru qu'alle allait y passer. Alle a fini par s'endormir à la barre du jour. Alle a dormi une partie de l'avant-midi. Juste asteure, a va mieux, mais alle en a pas pour longtemps.

Je te suivis dans la chambre de la malade. Je connaissais à peine cette jeune personne, vu qu'elle habitait dans un rang éloigné. Je lui avais parlé quelques fois, dans les fêtes paroissiales. Elle m'avait toujours paru très belle. Séduisante même. Toujours bien mise malgré sa grande pauvreté. Un peu bizarre, mais on aurait dit que cela ajoutait à son charme.

La femme qui se trouvait étendue là devant moi n'avait presque rien en commun avec le souvenir que j'avais gardé de Marguerite. La maladie l'avait tellement décharnée, c'est à peine si je la reconnaissais.

– Votre mère est pas avec vous? demanda-t-elle.

– Non, mais elle vous envoie Madeleine, ma belle-sœur, qui est une excellente infirmière à ses heures. Elle a soigné sa mère de façon exemplaire, à ce qu'on m'a dit. Je vous laisse avec elle. Elle viendra me chercher quand vous serez prête pour la confession.

Te retournant vers moi, tu m'as prise par le bras pour me guider jusqu'à la malade.

– Je suis certain que vous y mettrez beaucoup de cœur, comme dans tout ce que vous faites, as-tu ajouté en me souriant tendrement pour m'encourager.

Marguerite te suivit du regard jusqu'à ce que tu aies disparu.

– On a jamais eu un prêtre comme lui, murmura-t-elle. Si aimable. Si bon. Il comprend tout, lui...

Madame Robichaud entra. Elle portait une cuvette d'eau chaude et des serviettes. Elle posa le tout sur une petite table et sortit sans avoir prononcé une parole.

Je me mis aussitôt au travail. Les gestes que j'avais eus autrefois pour faire la toilette de ma mère semblaient me revenir automatiquement. Marguerite se montrait très encourageante.

– Vous êtes douce, douce, répétait-elle. Ça me fait du bien.

Quand j'eus terminé, je pris sa main dans la mienne et me mis à chanter l'*Ave Maria* de Gounod, comme je l'avais fait des dizaines de fois au chevet de maman. Elle ferma les yeux et je vis des larmes couler lentement dans les rides que la maladie avait creusées.

– Merci de m'avoir fait un si beau cadeau avant que je parte. C'est quasiment comme si que j'étais déjà au ciel.

Je lui caressai les cheveux, tout émue.

– Vous êtes bonne, poursuivit-elle. Vous mériteriez d'être heureuse, mais c'est difficile, je le comprends...

Je lui fit un petit sourire forcé.

– Vous l'aimez beaucoup?

Je hochai la tête sans même m'étonner de sa question.

– Lui aussi vous aime. Ça se sent.

Elle sembla s'assoupir. Son visage devint calme, détendu. Craignant de la ramener à ses souffrances, je n'osais dégager ma main de la sienne.

Elle ouvrit finalement les yeux et me regarda fixement. Il y avait dans ce regard une telle profondeur que j'en fus bouleversée.

– Je viens d'avoir une très belle vision, dit-elle. Dites-lui de venir, ajouta-t-elle après un long silence.

* * *

– Voulez-vous voir la petite? me demanda madame Robichaud pendant que vous étiez auprès de Marguerite.

– Quelle petite?

– La fille de Marguerite. Vous saviez pas? Alle a quatre ans. Pauvre Marguerite, alle est après d'expier son péché. Je voudrais pas blasphémer, mais des fois, je trouve qu'alle est punie plus dur que les autres filles.

Tout en parlant, elle me fit pénétrer dans une petite pièce en désordre où j'aperçus, dans un coin, une fillette qui se tenait debout, les deux mains agrippées aux barreaux de sa couchette. En me voyant, l'enfant pencha la tête sur son épaule d'une façon plutôt comique. J'imitai son geste en souriant. Elle me sourit timidement et baissa la tête en continuant de me regarder du coin de l'œil.

– Si que vous voulez la baigner, je crois qu'y reste un change de propre. Moi, vous savez, j'ai pas souvent le temps... À mon âge, avec mon infirmité et la maladie de Marguerite... La cuve est dans la cuisine. Y reste de l'eau chaude dans le *boiler*.

– On va d'abord faire connaissance, elle et moi, répondis-je. Après, j'ai l'impression qu'elle voudra prendre un bon bain.

De ses beaux yeux noisette, la fillette semblait me regarder maintenant avec un peu plus de confiance. Je lui demandai son nom; elle me répondit d'une voix si faible que je ne compris pas. Je jugeai inutile d'insister.

– Tu veux que je te raconte une histoire?

Elle me fit signe que oui.

Je la pris dans mes bras; elle se laissa faire. Je la portai dans la cuisine et m'assis avec elle dans la berceuse. Elle appuya sa tête contre mon épaule et se mit à sucer son pouce. Je lui racontai l'histoire préférée de Michel : «Les trois petits cochons». Quand j'eus terminé, elle murmura : «Encore!» Je recommençai, après quoi elle se laissa déshabiller et baigner sans mot dire.

Je n'avais jamais vu un enfant de son âge si peu enjoué. Elle me paraissait moins timide que sérieuse. Trop sérieuse. Son petit corps mal nourri avait-il trop peu d'énergie? Ou sentait-elle la mort qui rôdait autour de la maison?

J'étais en train de la coiffer quand Valmond vint s'asseoir sur le perron pour se reposer quelques minutes. Le bruit la fit sursauter. Elle se blottit contre moi en me serrant très fort. On aurait dit un petit poussin effrayé qui cherche refuge sous une aile protectrice. Mes explications parurent la rassurer un peu, mais à tout moment, elle se retournait subitement vers la fenêtre ou vers la porte comme si elle craignait quelque danger. Tout en continuant de tresser ses beaux cheveux soyeux, je me mis à lui inventer une histoire au sujet d'une petite fille qui avait peur parce qu'elle s'était perdue dans la forêt. Quand je parlai d'une fée qui avait offert à l'héroïne de l'aider à retrouver sa maison, elle se tourna vers moi et demanda, tout intéressée :

– C'est une bonne fée?

– Une très bonne fée.

Comme je disais ces mots, la grand-mère passa sa tignasse grise ébouriffée dans le cadre de la porte.

– Marguerite aimerait vous voir, vous et la petite, dit-elle.

– Après, on continuera l'histoire?

– Oui, ma chérie, je te le promets.

J'entrai dans la chambre. Tu étais assis à droite de la malade qui, d'un geste, m'invita à s'asseoir sur son lit. Elle regarda longuement son enfant qui s'était glissée près d'elle. Puis, elle prit ma main et la joignit à la tienne dans les siennes. S'adressant tantôt à toi, tantôt à moi, elle prononça ces paroles qui se sont imprimées à tout jamais dans ma mémoire :

– Tantôt, j'ai fait une sorte de rêve. Je vous ai vus, tous les deux. Vous marchiez côte à côte. Vous étiez si beaux, si grands. C'est merveilleux, l'amour, et ça devrait toujours conduire au bien.

Elle s'arrêta pour reprendre souffle, puis elle continua d'un ton très bas.

– Je vous demande d'élever ma fille comme si qu'elle était à vous. À travers elle, vous pourrez vous aimer dans la lumière.

Elle sembla rentrer en elle-même pendant un long moment. Ses paupières se soulevèrent enfin. Elle nous regarda alors, tour à tour.

– Vous acceptez?

Mon oui fut prononcé dans un murmure, car les sanglots me nouaient la gorge. Le vôtre résonna à mes oreilles comme un engagement solennel.

Elle porta nos mains à ses lèvres.

Mon regard croisa le tien. Les larmes brillaient au coin de tes yeux. Nos mains se serrèrent très fortement avant de se séparer.

Marguerite se tourna vers sa fille.

– Maman est trop malade pour prendre soin de toi. Mais le bon Dieu te donne une autre maman, très bonne, très douce, et qui t'aime déjà. Tu vas aller vivre avec elle. Tu comprends, ma petite Yvonne?

– C'est parce que vous, vous allez au ciel?

– C'est ça. Quand je serai là, je penserai tout le temps à toi. Je veillerai sur toi et je te protégerai, toi et tes nouveaux parents.

– Vous serez un ange gardien?

La maman essaya de sourire.

– Une sorte d'ange gardien... Tu me promets d'être obéissante?

L'enfant se pencha et chuchota à l'oreille de sa mère.

– Mais oui tu peux emporter ta catin, répondit la mourante.

Elle embrassa sa fille une dernière fois et me fit signe de l'emmener.

* * *

Voilà ce qui compose, selon moi, le Grand Événement. Depuis ce jour-là, un nouveau lien existe entre nous, un lien sacré, qui nous unit plus fortement que n'importe quel contrat signé en bonne et due forme.

Ce long récit m'a obligée à me rappeler la nature exacte de notre «parenté». La phrase qu'a prononcée Marguerite en nous confiant son enfant ne cesse de me hanter : «À travers elle, vous pourrez vous aimer dans la lumière.»

À l'époque, j'ai été très secouée par ces paroles d'une mourante qui avait tout deviné de notre amour. Elles contenaient d'ailleurs un argument que je faillis utiliser auprès de ta mère quand je compris qu'à ses yeux, c'était Pierre qui devait devenir le père légal de l'enfant. Après mûre réflexion, je m'en abstins, jugeant qu'elle avait dû te mettre au courant de ses projets. Elle avait le loisir d'en discuter avec toi, ce qui n'était hélas pas mon cas. Je n'avais aucune occasion de te prendre à part pour te consulter, absorbée que j'étais par mes nouvelles obligations et par les événements qui se succédaient à un rythme incroyable : retour de Pierre, funérailles de Marguerite, départ de Raymond. À travers tout cela, j'essayais d'être attentive à Yvonne qui me suivait partout. Elle s'agrippait à moi au point de me rendre difficile la tâche de lui installer une chambre et lui coudre des vêtements convenables.

«Louis souhaite-t-il adopter légalement cette enfant?» Je me posais sans relâche la question, ignorant même si la chose était possible. Peut-on être reconnu comme le père d'un enfant qui n'est pas le sien quand on n'est pas marié à la mère adoptive? J'avais tendance à penser que non. De plus, j'imaginais la tête que l'évêque aurait faite en apprenant la nouvelle*.

Je décidai donc de laisser ta maman se charger de l'adoption, puisqu'elle m'offrait ses services. Je me demandais même (et je me le demande toujours) si elle n'avait pas volontairement donné un petit coup de pouce à la Providence en m'envoyant chez Marguerite au bon moment. Je la trouvais, en tout cas, mieux armée que moi pour convaincre Pierre d'accueillir sous son toit et dans son cœur cette petite orpheline, née de père inconnu. Je tiens cependant à ce que tu saches qu'au plus profond de moi, le seul et vrai père d'Yvonne, c'est toi... Il me tarde tant de connaître tes réactions à toute cette question que j'arrête ici mon feuilleton.

---

* Dernièrement, j'ai appris par Mathilde, tout à fait par hasard, qu'à Shédiac, le curé a adopté un enfant trouvé. Ah! si je l'avais donc su cet été-là!

B. River
Le 15 février 1954

Très cher père de ma fille,

Tu ne pouvais me faire un plus beau cadeau! J'espérais une réaction favorable, mais celle que tu m'offres dépasse, et de loin, toutes mes espérances. Sois-en très sincèrement remercié.

Oui, ta version de l'adoption correspond en tous points à la mienne! De plus, elle renferme des renseignements importants que j'ignorais totalement... Je fais allusion, par exemple, à ce que tu dis au sujet de la paternité de désir. Quel merveilleux passage! Le poète en toi est toujours à fleur de mots.

Ah! mon ami, pourquoi n'avons-nous pas parlé plus tôt de toutes ces choses? Nous nous serions épargné bien des souffrances inutiles. Pourquoi avons-nous gardé le silence sur toutes ces questions qui nous brûlaient pourtant les lèvres? Je commence à penser que le manque d'intimité n'est pas la seule explication. Nous avons eu des moments où nous aurions pu échanger en toute liberté sur ce que nous vivions au plus profond de nous. Nous ne l'avons pas fait. La nuit de la grande tempête est l'une de ces occasions manquées.

Pardon, mille pardons, cette nuit-là a été, bien au contraire, très réussie... à certains égards. Sauf que nous n'avons pas mis en mots ce que nous vivions. C'est peut-être ce que tu veux corriger en rédigeant ta version de ce qui s'est déroulé durant cette mémorable nuit où les éléments (et bien d'autres choses...) se sont déchaînés.

Quelle bonne idée tu as eue de proposer une «double narration». J'accepte, cela va de soi, de remplir ma partie du contrat, en espérant être à la hauteur. Il s'agit d'un sujet particulièrement délicat... et trouble... Suis-je capable de le traiter comme il se doit?

Ton récit risque de m'arriver avant le départ du mien, car il se passe ici des choses qui risquent de déranger ma correspondance. Mais, comme tu le souhaites, je m'engage à ne pas le lire avant d'avoir mis par écrit tout ce que j'ai à dire sur ce grand moment de notre amour.

Merci encore de ta compréhension. Plus que jamais, je voudrais que tu sois à mes côtés pour que nous prenions ensemble nos responsabilités envers celle qui, dans un sens, nous donne non seulement le droit mais aussi le devoir de nous aimer.

Ta très affectionnée,
Madeleine

B. River
Le 28 février 1954

Mon très cher ami,

J'emballe à toute vitesse ce nouvel épisode que je viens de terminer.

Quelques passages n'ont pas été faciles à écrire... Il faut que j'aie en toi une bien grande confiance pour te livrer ainsi ce qui se passait dans mon for intérieur à certains moments durant cette inoubliable nuit.

Ma récompense sera de lire ta version, qui m'attend... Tu me croiras sans peine si je te dis que je vais tout de suite me jeter dessus avec empressement. J'allais écrire «comme la misère sur le pauvre monde», mais la comparaison est mauvaise. Il serait plus juste de dire «comme un enfant sur un sucre d'orge»...

Bonne lecture. Je t'embrasse le plus affectueusement qu'il m'est permis.

Ta tendre,
Madeleine

Noces de neige

Il neigeait à peine quand ta mère partit te rejoindre à l'église pour préparer la crèche.

– Je reviendrai vers dix heures, m'avait-elle dit.

Mais à dix heures, elle n'était pas rentrée. À onze heures non plus. Je commençais à me tracasser. Savait-elle que depuis son départ, le vent s'était levé et qu'il neigeait maintenant à plein ciel?

Même si je tombais de fatigue, je ne pouvais me décider à me mettre au lit. De temps à autre, je me versais une tasse de thé de «violon» et j'appelais au presbytère. L'absence de réponse signifiait que vous étiez encore à l'église.

– Ils sont en train de mettre la touche finale, me disais-je.

Mais j'avais beau me répéter cette phrase, le doute commençait à faire son chemin dans mon esprit. Ne sachant pas que la tempête faisait rage, ta mère pouvait être partie alors que tu avais décidé de terminer seul le travail. Cette possibilité me rendait de plus en plus inquiète à mesure que les minutes s'écoulaient. Je savais que l'asthme la faisait parfois souffrir. Qu'arriverait-il si elle avait une attaque durant une grande rafale?

Je descendis à la cave afin de préparer la fournaise pour la nuit. Un étrange crépitement attira mon attention. Après avoir examiné avec soin la situation, je conclus qu'il s'agissait d'un feu de cheminée! Étant donné le vent qu'il faisait, c'était extrêmement dangereux, je le savais trop bien. Une peur indescriptible me mordit les entrailles.

Que faire en premier? Réveiller les enfants? Chercher de l'aide?

Il était inutile d'appeler au presbytère. Quant aux voisins, ceux qui avaient le téléphone habitaient à près d'un mille.

J'étais au bord de la panique. Tout à coup, une idée me vint.

– La petite vache! criai-je.

Je grimpai l'escalier en courant, saisis la boîte de «soda» et courus la jeter dans les flammes. La crépitation, me sembla-t-il, cessa aussitôt.

J'interromps quelques instants mon récit pour renseigner mon cher lecteur qui – je mettrais ma main au feu – ne me suit plus du tout. Voilà ce que c'est que ces grands savants! Ça possède des diplômes écrits en latin, mais ça ignore ce que savent parfaitement toutes les maîtresses de maison, même les moins instruites, c'est-à-dire : 1) que le «soda à pâte» peut éteindre le feu; 2) que ce produit se vend dans une boîte qui (Dieu seul sait pourquoi) porte l'image d'une vache.

Mon pauvre ami, ne fais pas cette mine-là. On peut avoir étudié longtemps sans tout savoir... Eh puis, que veux-tu, quand on ne connaît des aliments que ce qui nous tombe tout cuit dans le bec, on risque de s'en faire montrer par bien des paroissiens, y compris, je te préviens, par deux de tes neveux qui se croient très connaissants dans ce qu'ils ont baptisé «la poudre de petite vache». Ils ont découvert dernièrement que c'est «de quoi qui empêche les gâteaux de lever quand on n'en met pas». Tu devines que les distractions de la maman y sont pour quelque chose dans cette leçon.

Suffit sur le sujet, je suppose. Revenons à notre fameuse nuit, si riche d'imprévus. Nous n'en sommes encore qu'au premier...

Quand je revins à la cuisine, une espèce de grand bonhomme de neige se tenait appuyé contre la porte. Le foulard qui lui cachait la bouche et le nez était celui de ta mère, mais les beaux grands yeux bleus, bien visibles sous les sourcils tout givrés, ne pouvaient être que les tiens.

Je me mis à te bombarder de questions auxquelles tu répondais par des bouts de phrases, tant tu étais hors d'haleine. Je finis tout de même par comprendre que ta mère avait essayé de braver la tempête, mais l'effort de marcher dans deux pieds de neige était au-dessus de ses forces. D'autant plus que le vent lui coupait le souffle. Tu venais lui chercher des couvertes pour qu'elle puisse dormir dans la sacristie.

Préoccupée par le danger d'incendie, je ne te laissai pas le temps de prendre le repos dont tu devais avoir besoin.

– Pendant que je vais chercher le nécessaire, auriez-vous la bonté d'examiner la fournaise? Je crois que la cheminée a flambé.

– J'y vais tout de suite.

Je mis les couvertes dans deux taies d'oreiller. J'ajoutai une paire de bas de laine, un thermos de thé et une bonne bouillotte.

Entre-temps, tu avais terminé ton inspection.

– La situation ne me paraît pas dangereuse, mais si vous voulez, je vais installer ma mère et je reviendrai passer la nuit ici.

– Très bien, dis-je sans me rendre compte du sens possible de tes paroles.

Tu n'étais pas sitôt parti qu'un petit dialogue s'engagea entre ce que j'appellerai, faute de mieux, mes deux «moi». Je le rapporte ici par souci d'honnêteté et non parce que j'en suis fière...

– A-t-il dit «passer la nuit» ou «la soirée»?

– Il a dit «la nuit». À cette heure-ci, on ne parle pas de «soirée».

– Mais «passer la nuit» ne signifie pas nécessairement...

– Et que crois-tu que ça signifie? Qu'est-ce qu'il peut bien vouloir venir faire? T'imagines-tu qu'il veut te donner une leçon de latin?

– Non, il va s'occuper de la fournaise, c'est tout.

– Écoute. Cet homme avait un rendez-vous amoureux avec toi voilà six mois. Vous avez été obligés d'y renoncer. Ce soir, le ciel – au sens propre – lui envoie une autre chance. Il veut en profiter, c'est clair. Il aurait tout aussi bien pu aller chercher des couvertes au presbytère; c'est même un peu plus près. Inutile de faire l'innocente, il veut...

– Non, c'est impossible qu'il ait de telles intentions. Il ne s'est à peu près rien passé entre nous depuis l'été.

– Parce que vous n'en avez pas eu la chance! À table, Yvonne s'assoit toujours entre vous deux; impossible de communiquer sous la nappe. Et puis, tu as maintenant tellement d'ouvrage à faire que tu as été obligée de suspendre tes séances d'étude avec lui.

– La vérité, c'est que ma visite chez Marguerite m'a beaucoup influencée. On dirait que je suis devenue une autre personne... Lui aussi a changé. Il a moins envie de...

– Il ne faudrait pas trop compter là-dessus. Chez les hommes, cette sorte d'envie-là, «ça passe un quart d'heure après la mort», ta mère te l'a assez dit.

– Je lui expliquerai que dans mon esprit, quand j'ai accepté qu'il vienne, je n'avais pas compris que...

– Un instant! Tu es naïve, c'est connu, mais une femme mariée ne peut tout de même pas prétendre ne pas connaître la musique!

– On peut connaître la musique sans en jouer. Vraiment, ce soir, je ne me sens capable de rien. Il est tard et je suis si fatiguée. La peur que je viens d'avoir m'a enlevé le peu d'énergie qu'il me restait. Je n'aurais même pas la force de me laver... Où est-ce que je trouverais l'envie de...

– Et depuis quand le manque d'envie est-il une excuse valable pour une femme?

– Quand on n'est pas liée par le devoir, je ne vois pas pourquoi on devrait se forcer...

– Vraiment, tu es une drôle de femme. L'été dernier, tu mourais d'envie de te retrouver dans son lit.

– Dans son lit, oui. Pas dans le mien... qui est aussi celui de Pierre. La seule pensée que les enfants dorment là-haut m'enlève tout désir.

– Tu dis ça, mais si tu te laissais un peu aller à penser au plaisir que tu aurais...

– J'arrive, justement, à y penser moins souvent depuis quelque temps.

– Oui, parce que la plupart du temps, tu penses à tout ce que tu as à faire. Tu n'as jamais eu autant de problèmes à régler chaque jour. À l'école, à la maison, à la sacristie, ça ne dérougit pas. Autrefois, tu étais tentée de rêvasser un peu avant de t'endormir. Maintenant, tu te couches si fatiguée que tu tombes endormie tout de suite.

– C'est vrai. Mais je suis quand même convaincue que Marguerite a quelque chose à voir dans tout cela.

– Si Marguerite avait le moindre pouvoir d'intercéder en ta faveur, elle commencerait par protéger sa fille! Cette enfant maladive te fait passer bien des nuits blanches. Une vraie bienfaitrice céleste t'enverrait aussi les quatre pupitres que tu attends depuis septembre et qui te permettraient d'asseoir comme il faut chacun de tes 52 élèves. Et puis, elle te donnerait des forces physiques pour remplacer celles que tu perds chaque jour un peu plus. Si ça continue, tu ne passeras pas l'hiver.

– Allons, allons! Des exagérations, tout cela!

– Peut-être... mais si tu allais vraiment au fond de toi, tu verrais que tu as encore souvent envie de lui. Et qu'à la moindre caresse, tu oublierais Marguerite et tes bonnes résolutions.

– Oui, sans doute. Mais à froid, comme ça, c'est mon devoir de réfléchir aux conséquences de mes actes. Nous allons être sans surveillance, ce qui veut dire... que nous pourrions aller jusqu'au bout. C'est beaucoup plus sérieux que les caresses, même les plus intimes, que nous avons eues jusqu'ici.

– Il aurait fallu refuser ces caresses-là si tu n'étais pas prête à continuer. Tu sais ce que disent les hommes des filles qui les aguichent... On ne change pas les règles du jeu après les premières manches. Comme diraient les gars du village : «Tu dois passer au batte.»

– Et si je tombais enceinte? Ce serait tout de suite clair pour tout le monde que ce n'est pas de Pierre...

C'est dans cet état d'âme que je t'ouvris la porte. Tu n'as pas semblé remarquer mon débat intérieur. Tu as filé à la cave sans prendre une seconde de repos. Il faut croire que tu avais profité d'une accalmie, car tes vêtements étaient moins enneigés que la première fois et tu n'étais pas aussi essoufflé.

– Alors? On est hors de danger? demandai-je comme tu remontais.

– C'est difficile à dire. Le tuyau est très chaud. Il ne faudra pas nourrir le feu.

– Je n'en ai pas l'intention, répliquai-je sans te regarder.

Je buvais mon thé en t'observant du coin de l'œil. Le moment était décisif : tu pouvais rester ou rentrer chez toi. Alors que deux minutes plus tôt, ton départ m'aurait calmée, je me surpris à penser que la nuit me paraissait bien plus dangereuse sans toi. C'est donc avec soulagement que je te vis enlever ton paletot et le suspendre à la patère près de la porte.

– Je prendrais bien un peu de thé de violon s'il en reste.

Si je faillis avaler ma gorgée de travers, ce n'était pas à cause de cette demande bien légitime, mais à cause de ton habit! Au lieu de ton éternelle soutane, tu portais une chemise à gros carreaux rouges et noirs! Je peux bien te le dire maintenant : ça me mettait très mal à l'aise! Sur le coup, je n'aurais pas su expliquer exactement pourquoi, mais avec le passage du temps, je m'aperçois que ma réaction avait plusieurs causes.

D'abord, la surprise. Même si j'étais au courant que tu mettais ce genre de vêtements pour aller à la pêche, moi-même je ne t'avais jamais vu vêtu autrement qu'en prêtre. Et voilà que sans m'avertir, tu te présentais devant moi habillé en laïc! Tu n'avais même pas un semblant de col romain! Bien entendu, cela ne signifiait pas que tu renonçais à ton sacerdoce, mais au fond de moi, c'était un peu comme si tu avais défroqué. En tout cas, je commençais à trouver que ta visite risquait d'avoir de très graves conséquences. Mais, ce n'est pas tout. Le reste, je te le dis tout bas et en rougissant : je savais que la chemise avait déjà appartenu à Pierre. Je reconnaissais les petites traces de brûlures que seul un fumeur avait pu laisser. J'en éprouvais une gêne que je crois fort compréhensible...

Je déposai sur la table tout ce qu'il fallait pour servir le thé et je trouvai un prétexte pour m'absenter. «Je dois aller jeter un coup d'œil aux enfants», dis-je en m'excusant. À tout prix, il me fallait sortir de la cuisine pour reprendre mes esprits.

J'entrai dans la chambre de Michel et restai quelques minutes près de son lit. Sa respiration m'apaisait. Elle était calme, profonde, régulière. Je me rendis au chevet d'Yvonne. Elle respirait bruyamment et d'une façon saccadée. Je ne voulais pas allumer la lampe, cette enfant a le sommeil si léger! Je lui touchai le front. La température me parut normale, mais le petit corps s'agitait comme secoué par des soubresauts.

– Je peux aller voir, as-tu suggéré quand je t'eus fait part de mes inquiétudes.

– Je serais plus rassurée. Deux têtes valent mieux qu'une.

Debout à la tête du lit, j'essayais de braquer ma lampe de poche de manière à te donner un peu d'éclairage sans qu'Yvonne reçoive la lumière dans le visage. Je t'observais pendant que tu lui levais lentement le bras pour tâter le pouls. Tes gestes étaient pleins de douceur et de compétence. Soudain, je prenais conscience que tu m'épaulais dans la tâche que je m'étais donnée en adoptant cette enfant.

– Le pouls me paraît normal.

– Elle semble plus calme, maintenant, ajoutai-je.

Nous avions échangé ces paroles à voix basse, mais cela avait suffi pour réveiller la petite.

– J'ai vu grand-maman, dit-elle en bâillant. Avec un loup. Il voulait la manger. Il était gros, gros, le loup, et méchant! Il jappait : oua! oua! oua! Grand-maman a crié. Les anges ont venu. Les anges ont porté grand-maman dans son lit. Y avait de la musique et grand-maman s'a endormi.

– Il finit bien, ton rêve, dis-je en l'embrassant. Ferme tes beaux yeux, maintenant, et fais un beau dodo.

– J'aimera entendre *Mon bel ange va dormir*.

Je n'eus pas le temps de finir la berceuse qu'elle dormait déjà. Je restai encore un peu auprès d'elle, puis, voyant qu'elle respirait calmement, je sortis sur la pointe des pieds.

Tu m'attendais dans le passage. Je ne distinguais pas tes traits, mais ta silhouette se découpait contre la lucarne que la blancheur du ciel illuminait. Je m'approchai de toi et te chuchotai à l'oreille :

– Merci d'être là. Je n'aimerais pas être seule avec les enfants par une nuit pareille.

– C'est la moindre des choses...

Pendant que tu prononçais ces paroles, tes bras se glissaient autour de ma taille et m'attiraient vers toi.

«Ça commence, me dis-je. Et tu l'as bien cherché! Si tu avais gardé le silence, il n'aurait pas fait ce geste. Trop tard pour te sauver, maintenant.»

Je restais là, passive, sans opposer de résistance, mais sans offrir non plus les signes habituels de mon consentement. J'attendais la suite, les mains moites, mais la gorge sèche. Après un long moment pendant lequel il ne se passa rien, tes mains effleurèrent mes cheveux et descendirent lentement le long de mon dos. Émue par cette caresse qui me rappelait nos premiers enlacements, je m'abandonnai à la détente et posai ma tête sur ta poitrine. Ton étreinte se resserra. Je m'aperçus alors, avec stupéfaction, que tu étais... déjà «prêt»! J'eus un mouvement de recul qui dut te paraître étrange. J'aimerais essayer de te l'expliquer.

Ton état me replongeait dans l'embarras que j'avais ressenti plus tôt, en t'attendant. Il m'obligeait à me rendre compte de la gravité des gestes que j'avais faits et acceptés depuis le début de notre relation. Malgré le désir qui grandissait en moi, je pouvais voir froidement, avec ma tête, que j'avais déjà franchi le point de non-retour. Je voguais à pleine vitesse sur la rivière en direction des chutes. La descente serait exaltante, mais que se passerait-il ensuite? Le canot ne risquait-il pas d'être englouti, corps et biens?

Si tu étais la cause de mon envie de plonger à corps perdu dans les eaux tumultueuses, tu étais également ma seule bouée de sauvetage possible. C'est pourquoi j'ai cherché ta protection en posant à nouveau ma tête contre ta poitrine. C'était là un comportement très enfantin, mais c'est tout de même ce que j'ai vécu. J'ignore si tu as compris le sens de mon geste. Toujours est-il que tu n'as pas profité de la situation. Tu t'es mis à me caresser les épaules d'une façon presque fraternelle.

Mieux que des mots, la lenteur de tes gestes, leur douceur me disaient que tu gardais la totale maîtrise de toi-même. Tu n'étais probablement pas moins enflammé que la minute d'avant, mais tu savais contenir ton ardeur. Je voyais dans cette retenue une marque de délicatesse à laquelle ma vie conjugale ne m'avait pas habituée. C'était la plus belle preuve d'amour que tu m'avais donnée jusque-là!

Certaine maintenant que je n'aurais pas à danser plus vite que le violon, je me sentais en sécurité. Je me détendais, bien au chaud dans tes bras, comme si aucun danger ne pouvait plus me menacer... Après un moment, je voulus en retour t'exprimer toute la tendresse que je ressentais envers toi. Je levai le bras pour toucher ton visage, dénudant ainsi dans mon dos une mince lisière entre la jupe et le chandail. La main qui était posée sur ma hanche en profita pour risquer un frôlement à peine perceptible. J'inspirai profondément et la caresse recommença, plus ample et plus marquée.

– Oui! murmurai-je dans un long gémissement.

L'instant d'après, une vague de plaisir d'un type complètement nouveau me submergeait. Pendant que fiévreusement nos bouches se rejoignaient, tes mains me faisaient accoster sur une rive où ta fougue était enfin la bienvenue.

– Viens, dis-je en te guidant vers la chambre d'ami.

De ce qui s'est passé dans cette chambre, je garderai à jamais le souvenir. Et pourtant, je suis incapable de décrire la scène. Je n'ai pas les mots qui traduiraient la perfection de ce don mutuel, si longtemps désiré. Ces mots existent-ils? J'en doute. Ceux que je connais, en tout cas, ne conviennent absolument pas. Je n'ai pas été «possédée», ni «prise». Dans un sens, je trouve plutôt que j'ai tendu ma coupe et qu'elle a été remplie à ras bord. Mais c'est là une bien pâle image de la réalité. D'ailleurs, elle laisse dans l'ombre ton propre plaisir que je ne pouvais pas ne pas constater... et qui décuplait le mien. Quoi qu'il en soit, je te serai à jamais reconnaissante de m'avoir donné ces instants sublimes où je me suis sentie aimée au-delà de toutes mes espérances.

Nos ébats furent hélas de trop courte durée... J'entends encore le cri déchirant qui m'arracha à tes bras.

– Mamaaaan!

Je me précipitai dans la chambre d'Yvonne qui hurlait : «La maison brûle!»

Je n'arrivais pas à la faire sortir de son cauchemar. Elle ne semblait pas entendre les paroles que je lui murmurais à l'oreille. Je me mis à la secouer, mais elle n'en parut que plus épouvantée.

– Regardez le feu, il est là!

Incapable de la raisonner, je fis semblant de la croire. Je la pris dans mes bras en lui disant :

– Viens, ma chérie. Sauvons-nous toutes les deux.

Elle posa sa joue contre la mienne et parut se calmer. À pas feutrés, je l'amenai dans la direction de la chambre de Michel. Je craignais que les cris de sa sœur ne l'aient réveillé. Sa respiration m'indiqua qu'il dormait profondément.

Je me dirigeais vers la chambre d'Yvonne pour la déposer dans son lit quand je m'aperçus qu'elle sanglotait sans bruit. Ses larmes, brûlantes, tombaient sur mon épaule nue et me laissaient songeuse. Pareilles crises n'étaient pas rares chez cette enfant. Je me rappelais surtout celle qu'elle avait faite la première nuit où elle avait dormi sous mon toit. Pendant que Marguerite agonisait à quelques milles de chez nous, sa fille n'avait cessé de pleurer, blottie contre sa nouvelle maman.

Je décidai de la promener dans le couloir, comme je l'avais fait cette nuit-là. Je marchais lentement, la gorge serrée. Qu'allait devenir, cette enfant si sensible? Que faire pour éviter qu'elle soit écorchée vive par les inévitables difficultés de la vie? Mes propres larmes se mêlaient maintenant aux siennes. Malgré moi, je lui en voulais un peu de m'avoir ramenée si brusquement sur terre...

Mes pensées se tournèrent alors vers toi. Que faisais-tu, seul dans la chambre? Attendais-tu mon retour ou te rendais-tu compte qu'il allait falloir quitter la maison avant le lever du jour?

Yvonne ne donnant plus aucun signe d'agitation, je crus qu'elle s'était endormie. Je la couchai. Comme je rabattais sur elle l'édredon, elle glissa ses bras autour de mon cou et me supplia : «Restez avec moi.»

J'eus un moment d'hésitation. «Cette petite est en train de devenir capricieuse», me disais-je. Mais quand elle ajouta : «J'ai peur», je décelai dans sa voix un accent qui ne trompe pas et je cédai à sa demande.

Je ne sais combien de temps je restai étendue près d'elle. Le sommeil commençait à me gagner quand un craquement attira mon attention. Je reconnus le bruit familier de la troisième marche de l'escalier, celle à laquelle même les pas d'enfants arrachent toujours une plainte. J'esquissai un mouvement pour me lever. Les petits bras se resserrèrent autour de mon cou. Je restai immobile tout en tendant l'oreille.

J'entendis le son métallique que font les ronds du poêle quand on les manipule. Puis la porte qui mène à la cave grinça. Un long moment s'écoula pendant lequel je fis une autre tentative pour me libérer de mon tendre étau; je ne fis que provoquer un nouveau resserrement. Un second gémissement de gonds m'apprit que tu étais remonté dans la cuisine. Je guettais maintenant le bruit bien particulier de la porte extérieure qui m'annoncerait ton départ. Il se fit à peine entendre.

Mon petit chaperon finit par s'endormir. Tranquillement, avec d'infinies précautions, je me dégageai de son étreinte pour me rendre à la salle de bains. Des images se bousculaient dans ma tête. Les scènes qu'elles évoquaient avaient-elles vraiment eu lieu? N'étaient-elles pas plutôt le fruit de mon imagination et de mes désirs? La découverte de certaines marques sur mon cou me fournit la preuve que je n'avais pas rêvé...

Je me demandais quel bilan tu faisais de notre nuit et quelles seraient désormais tes attentes. «Souhaite-t-il recommencer à la première occasion?» Je décidai de reporter à plus tard l'examen de cette délicate question et de goûter pour l'instant la douce ivresse qui m'engourdissait l'esprit. «Je me dégriserai bien assez tôt», murmurai-je.

Je remis de l'ordre dans la chambre verte en faisant disparaître toute trace de notre passage dans ce lieu. J'approchai de ma figure le chandail que je portais quelques heures plus tôt. Il me sembla qu'il avait gardé un peu de ton odeur. Je l'enfilai par-dessus la blouse à col montant que je venais de mettre et je descendis l'escalier.

La maison me parut accueillante comme à l'époque de mon enfance. Le feu que tu y avais allumé répandait sa douce et bienfaisante chaleur. L'eau chantait dans la bouilloire.

Le chat miaula pour sortir. Je jetai un châle sur mes épaules et ouvris toute grande la porte du tambour. Un spectacle d'une grande pureté s'offrit à mes yeux. Une immense toile blanche s'étendait à perte de vue, recouvrant non seulement la route, mais aussi les arbustes et les clôtures. Le soleil qui se levait sur ce paysage le rendait éblouissant, presque irréel. Dans la neige immaculée, la trace de tes pas, loin de nuire à la beauté du tableau, lui ajoutait une note de grandeur en la parant du souvenir d'une présence humaine.

Sans hâte, je refermai la porte. La vie reprenait son cours, mais quelque chose avait changé. J'avais l'impression de revenir d'un pays inconnu dont je rapportais des trésors que jamais je n'avais su imaginer, même dans mes rêves les plus fous. Une énergie nouvelle circulait dans mes veines et me réchauffait la poitrine.

Je me préparai une tasse de thé que je dégustai longuement, savourant chaque gorgée. Les pieds sur la bavette du poêle, j'écoutais le ronronnement du feu et jouissais d'une exaltante sensation de plénitude. «Malgré les obstacles, me disais-je, la vie a sa façon bien a elle de nous faire entrevoir le paradis...»

B. River
Le 14 mars 1954

Cher ami,

Permets-moi d'abord de te dire que je suis un peu blessée... Beaucoup même. Vois-tu, je rédige un texte que tu m'as demandé; j'y consacre deux après-midi que je vole à l'éducation de mes enfants; je me creuse la tête pour reconstituer les faits le plus fidèlement possible et tu as le front de me dire, en termes à peine voilés, que je lis trop de romans!

Tu n'en lis pas, de romans, toi? Et de la poésie? Comment réagirais-tu si je laissais entendre que tes plus beaux vers sentent *Les amours* de Ronsard à plein nez? D'accord, d'accord, tu n'as rien dit de semblable au sujet de mon récit. Tu n'en as pas critiqué le style et tu n'as pas remis en cause mon talent. Ou plutôt si! C'est à mon talent, justement, que tu t'en prends! Si j'ai bien compris, j'en aurais trop! C'est parce que j'ai, selon toi, «la plume facile» que je fournis une «abondance de détails» sur les aspects secondaires «pour mieux passer sous silence» les points que tu juges importants. Excuse l'expression, mais ça parle au diable!

Quoi? Je déshabille mon âme, je mets à nu les replis intimes de mon cœur, j'expose en toute candeur mes hésitations les plus humiliantes et tu oses dire que je ne vais pas assez loin? J'ai bonne envie de te montrer jusqu'où je peux aller quand on me pousse à bout! Il est justement un domaine où il me plairait beaucoup de te faire voir ce dont je suis réellement capable quand je m'en donne la peine. Tu veux vraiment savoir de quel bois je me chauffe? Attends que je me décharge la bile une bonne fois et tu m'en donneras des nouvelles!

Franchement, tu as l'art de me faire perdre patience! Ah! tu peux te vanter d'être la seule créature du bon Dieu capable de me faire sortir de mes gonds! Tes remarques me donnent envie de te tailler en pièces! Tu ne mérites rien de moins. Mais, ne crains rien, je m'abstiendrai de descendre aussi bas.

Oh, je vais te combattre, oui! Mais pas avec les armes de la colère. Avec celles plutôt de la froide raison. Et de ton misérable argument, je ne ferai qu'une bouchée. Car, en somme, tu n'as qu'un seul argument. Un maigre petit soldat que tu envoies au massacre. Il est si faible qu'il ne tient même pas debout!

Reformulons-le pour l'examiner plus à notre aise; tu en verras alors tout le ridicule, pour ne pas dire l'odieux. Proteste si tu veux, mais rédigé selon des règles que tu m'as apprises, ton raisonnement ressemble à ceci : Les femmes qui jouissent d'une expérience amoureuse recommencent; or, madame n'a pas recommencé, donc... De là à dire que madame a menti, il n'y a qu'un pas. Mais, il y a pire! Il n'est pas nécessaire de forcer beaucoup pour que le texte prenne des allures de chantage : si madame veut qu'on la croie quand elle décrit ses transports, qu'elle prouve sa sincérité en se laissant séduire une nouvelle fois.

Bon, je te connais, tu vas argumenter pendant trois pages pour me prouver que tu n'as jamais rien dit de tel. Dans ces mots-là, non, évidemment. Mais ça revient au même! Tu as «de la difficulté à concilier cette sensation de plénitude» dont je parle et «le refus non équivoque» que tu aurais «essuyé par la suite». Tu te demandes pourquoi, «dès le lendemain de nos épousailles», tu as perçu chez moi «un signe évident que jamais plus il n'y aurait de vrais contacts charnels entre nous». Tout cela t'a fait penser à «ces héroïnes de roman qui, pour des raisons mystérieuses, refusent d'accorder leurs faveurs à celui qui, de leur propre aveu, les a pourtant comblées». (Je cite de mémoire, bien entendu, le texte ayant déjà été jeté au feu pour les raisons habituelles... mais non – pour une fois – sans un certain plaisir. J'espère que de ce plaisir-là au moins tu n'oseras pas douter!)

Ton message est tout à fait clair! La preuve, c'est que dans le reste du passage tu m'ordonnes (de façon polie, il va sans dire) de t'expliquer ma conduite. Mais que veux-tu que je te dise, pour l'amour du bon Dieu? Que tu me fais horreur? Que tu m'as prise de force? Que je garde de cette nuit-là un souvenir épouvantable? Cela te paraît-il plus vrai, plus croyable que ce que je t'ai dit? Comment ne vois-tu pas que tes suppositions sont absurdes! Et que puis-je dire pour te convaincre sauf de te répéter que je ne t'ai pas menti!

Reste la question de ce que tu appelles mon «refus». C'est là une tout autre paire de manches... Je croyais avoir déjà fourni une bonne partie de la réponse. Il faut croire que je n'ai pas été assez claire. Or, tu as droit à des explications, c'est entendu. Tu vois que je sais reconnaître ce qui est raisonnable.

Sache d'abord que je n'ai jamais pris de décision, comme tu sembles le croire. Je n'ai pas décidé – toute seule et sans te consulter, comme tu me le reproches – qu'il n'y aurait plus rien entre nous. Dieu me préserve d'un tel orgueil! Depuis que je te connais, j'ai succombé trop souvent à la soif que j'avais de tes caresses pour dire «Fontaine...» Si tout s'est passé comme si je n'avais plus envie de toi, c'est pour des raisons complètement opposées à celles que tu crois trouver dans mon récit. Soyons précise : si je n'ai pas cherché à recommencer, ce n'est pas parce que l'expérience était ratée mais, bien au contraire, parce qu'elle était parfaitement réussie. Voilà!

Tu vas dire que ce n'est pas très logique. C'est vrai... si l'on regarde les choses sous un certain angle. Mais regardons-les d'un autre point de vue pour un instant. Fais un effort, oublie la philosophie quelques minutes, tu n'en mourras pas, et suis-moi sur une autre route qui, elle aussi, peut mener à la vérité.

S'il t'est déjà arrivé de te trouver au bord d'un précipice, tu sais par quelle attraction presque impossible à vaincre on se sent alors saisi. La meilleure façon de ne pas se laisser happer par le gouffre, c'est de regarder ailleurs. Comprends-tu maintenant pourquoi j'ai si souvent évité ton regard après notre escapade? Tes yeux ne reflétaient peut-être que mon propre désir, mais ils étaient pour moi une perpétuelle invitation... Je sentais qu'il était beaucoup plus facile de ne rien commencer que de m'arrêter en route.

Je devinais sans peine que, tout comme moi, tu venais de découvrir le nectar divin et que tu ne te contenterais désormais de rien de moins. J'étais fortement tentée d'en boire avec toi jusqu'à plus soif, mais je ne pouvais oublier le terrible prix qu'il faudrait payer. Au moindre scandale, nous aurions tout perdu. L'évêque t'aurait envoyé pourrir quelque part, loin, très loin de la femme fatale. La pécheresse, pour sa part, n'aurait pas été mieux traitée. Non content de lui enlever son amant, on l'aurait séparée de ses enfants... y compris de celui qu'elle risquait de concevoir dans l'adultère.

C'est la crainte de ce châtiment épouvantable qui me faisait renoncer au plaisir. Rien d'autre! J'aimerais pouvoir ajouter que la peur des feux de l'enfer me retenait, elle aussi, mais hélas! ce serait forcer la vérité. En confession, j'ai essayé d'expliquer au père Comeau que je me sentais coupable de ne pas avoir de vrais remords et que mon ferme propos reposait surtout sur mon désir d'éviter les conséquences immédiates. Il n'a rien compris, je crois, sinon il ne m'aurait pas donné l'absolution.

De ton côté, tu ne semblais pas conscient du danger. Tu étais même d'une imprudence qui me glaçait d'effroi! Je me rappelle qu'un matin, tu as voulu m'embrasser en pleine sacristie! C'était de la folie! Nous étions seuls, d'accord, mais n'importe qui pouvait nous surprendre! Dans ces conditions, comment as-tu pu croire que je me refusais à toi! J'étais vigilante pour deux, il le fallait bien.

Je comprends mal pourquoi nous ne nous sommes pas expliqués sur des points aussi importants. Pourquoi avoir vécu tout cela en silence? C'est là un mystère que je n'arrive pas à percer.

Si j'étais plus sensible que toi à la menace qui planait sur nous deux, c'est aussi parce que je savais combien je contribuais à la provoquer. Même si la prudence exigeait le secret, je suis convaincue que je me trahissais. Ma démarche, mon port de tête et jusqu'à ma façon de bomber le torse, tout en moi criait au monde... que j'avais goûté à l'extase de l'amour. J'avais l'impression de posséder enfin un corps de femme. Je me sentais toute rayonnante du plaisir que tu m'avais fait connaître. Par moments, j'aurais juré que quiconque posait les yeux sur moi percevait immédiatement la métamorphose qui s'était

opérée dans tout mon être. La chenille était sortie de son co-
con. C'est trop peu de dire que j'avais enfin des couleurs et des
ailes. Pour être franche, il me faut ajouter que mes efforts pour
en éprouver du remords ne donnaient pas beaucoup de résultats...

Je t'apporte une fois de plus la preuve que je ne suis pas
une bonne chrétienne. C'est héréditaire, semble-t-il. Même mon
frère David, tout religieux qu'il soit, a de la difficulté avec certains aspects de la religion. Il m'écrivait dernièrement qu'il croit
maintenant être sorti de la crise spirituelle qu'il a traversée.

Après avoir commencé en lionne, voilà que je termine en
brebis, toute radoucie. Tu n'as pas d'objection, je suppose. Alors,
puisque c'est comme ça, j'en profite pour te faire un beau bec.
Sucré? Pas trop, tout de même... c'est carême, y compris pour
les pas-trop-catholiques.

Mais le carême a toujours une fin... Dans mes rêves, j'entends souvent sonner les cloches qui reviennent de Rome. Il y a
de l'alléluia dans l'air... Pourquoi attendre Pâques pour ressus-
citer?

Scandaleusement tienne,
Madeleine

Le lendemain

La nuit dernière, j'ai rêvé que j'étais de retour au village et
qu'une nouvelle tempête nous ramenait dans la chambre
verte... À notre réveil, douze policiers nous attendaient au pied
du lit pour nous conduire en prison.

Je ne peux plus te le cacher, si je n'ai encore rien dit du
récit que tu as fait de notre folle nuit, c'est parce que je ne
pouvais évoquer les images que tu décris sans me sentir aussitôt très allumée. Déjà, hier, en te parlant de mes propres réactions, je sentais monter en moi le désir. Mais ce matin en me

réveillant, j'ai pris conscience tout à coup du petit jeu fort dangereux auquel nous jouons, tous les deux, sans doute depuis le début de notre correspondance.

Louis, mon chéri, nous ne pouvons plus nous permettre de continuer ainsi. Nous savons bien qu'un jour ou l'autre, je rentrerai d'exil. Peut-être plus tôt que prévu, d'ailleurs... Je suis terrifiée à l'idée de ce qui pourrait nous arriver si nous ne prenons pas des mesures. Lesquelles? C'est la question qui me hante depuis mon réveil.

Une autre question me brûle les lèvres. J'ai essayé de te la poser indirectement à plusieurs reprises dans mes lettres en te parlant de ma propre attitude. Mais ou bien tu ne comprends pas que je t'invite à en faire autant, ou bien tu hésites à le faire. Comme je n'en peux plus de rester dans le doute, je te le demande donc crûment : «Dans notre relation, comment t'arranges-tu avec ta conscience?» Pour ma part, je ne prétends pas être une très bonne chrétienne. Mais toi, prêtre, ne vis-tu pas une contradiction?

Peut-être considères-tu que ça ne regarde que toi. J'estime, pour ma part, que j'ai le droit de le savoir, mais je respecterai ton silence si c'est ce que tu choisis.

B. River
Le 28 mars 1954

Cher ami,

Tiens, tiens, tiens! Voilà le curé qui s'emporte! Jamais je n'aurais cru la chose possible... Il s'agit d'une sainte colère, cela ne fait pas de doute. On ne peut tout de même pas se laisser accuser des pires infamies sans réagir, voyons!

Dire qu'il se trouve des femmes assez mal élevées pour lancer de pareilles injures! *O tempora, o mores!*

Moi, en tout cas, je te donne raison. Vraiment, cette femme a exagéré. Qui pourrait croire, en effet, que tu aies voulu la faire chanter! De la pure calomnie, c'est moi qui te le dis. Je gage qu'elle-même n'en croyait pas un mot... Elle aura voulu se vider le cœur, sans réfléchir au mal qu'elle pouvait te faire. Elle devait être fatiguée ou malade au moment où elle a rédigé ces lignes... qu'elle regrette certainement d'avoir jetées à la poste sans les avoir relues.

Le mieux est de lui pardonner, comme tu te dis prêt à le faire à partir du cinquième paragraphe. C'est là une conduite bien plus chrétienne que celle de ta correspondante écervelée.

Cette misérable correspondante est cependant satisfaite qu'on accepte enfin son témoignage en ce qui concerne ses propres sensations... Elle remarque qu'on ne l'accuse plus de froideur et qu'on semble avoir compris le sens des privations qu'à regret elle s'est vue forcée d'imposer.

Soucieuse, toutefois, de faire oublier ses crises de nerfs, elle se propose de t'annoncer sous peu une nouvelle qu'elle croit, pourrait-on dire, grosse de promesses.

Ta toute repentante,
Madeleine

P.-S.

Je prends bonne note du paragraphe qui se rapporte à mon dernier post-scriptum. J'ai promis de respecter ton silence et je le fais. Permets-moi tout de même de me réjouir que tu acceptes de «discuter en profondeur du sujet... au moment opportun». J'ajoute que ce moment pourrait bien venir plus tôt que tu ne le crois.

B. River
Le 9 avril 1954

Cher impatient curieux,

Tu y es presque. «Une visite», dis-tu. Le mot n'est pas tout à fait juste. «Retour» serait plus exact. Et pour qualifier ce retour, cherche du côté d'un adjectif qui serait synonyme de «pour de bon».

Oui, mon ami, je rentre au pays! Je ne peux pour l'instant te dire la date, mais ça ne saurait tarder.

Et que me vaut la fin de mon exil? Je te le donne en mille. Allons, un petit effort pour la forme... Vraiment, tu donnes ta langue au chat? Eh bien, c'est mon état... J'ai le plaisir et l'honneur de t'annoncer qu'à la fin de l'été, tu seras «mononcle» encore une fois. N'est-ce pas merveilleux!

Au début, je n'osais pas trop y croire, mais Mathilde maintenant n'a pas le moindre doute :

– C'est sûr que t'es de même, ça fait trois mois que tu ouas pus tes règles! Pis, t'arrêtes pas de nous vomir dans la face à tous les quarts d'heure.

Il est vrai que j'ai de terribles nausées qui m'affaiblissent beaucoup. Mathilde ne me trouve plus en état de faire la classe aux enfants. Elle les prend avec elle l'après-midi et tout en faisant son ouvrage, elle voit à ce qu'ils fassent au moins leurs devoirs. Elle voudrait que je reste allongée, mais je ne suis pas de son avis. J'y perdrais le peu de forces qui me restent. De toute façon, la position couchée ne diminue en rien le «mal de mère». Je ne connais qu'un moyen de diminuer mes malaises : l'écriture. Et comme tu as pu le constater, je ne m'en prive pas... Combien de fois ta mère t'a-t-elle lu la réaction des enfants durant l'incendie de la cabane de Tilmon?

Jusqu'à ce matin, Pierre ne semblait pas accepter l'idée que je parte prochainement. «Ça passera», qu'il me disait toujours. Il avait l'air de penser que je pouvais rester ici durant toute ma grossesse. Mais hier soir, Mathilde l'a chapitré de belle façon. Elle l'a fait venir dans le «cook room», au grand camp, et elle n'a pas mâché ses mots. Elle parlait si fort que j'ai tout entendu de l'autre bout du camp où je distribuais, sur les lits des paroissiens, le contenu du dernier colis.

Je transcris son discours tel quel, sans rien y changer. Jamais, d'ailleurs, je ne réussirais à exagérer à ce point ma situation. Et surtout pas dans son langage, que je commence à trouver savoureux. Toi et tes «auditeurs» aussi, si j'en crois les commentaires amusants que tu fais sur chacune des citations de notre bouffon en tablier.

«T'as pas honte de garder ta pauvre femme icitte yinque pour aouère ton morceau tous les souères? La v'là rendue avec la face tarve coume une lumelle de couteau pis les yeux çarnés jusqu'aux usses*. Moi, quand c'que je la ouas, malade coume qu'alle est, remplir son *boiler* d'eau, je te conte pas de menteries, ça me fend le tchœur! La fille d'un membre du gouvarnement qu'a été élevée dans le coton-laine par une maîtrêse d'école! Ç'a-t-y de l'allure, asteure! Si sa définte mére sait dans tcheu sorte de trou que tu fais vivre sa fille, a va venir te haler les orteils une boune nuit, ma grand' foi de Djeu! Une *shack* yousque y a même pas de pompe, t'as qu'à ouère!

«Moi, l'été passé, quand c'que je l'ai vue arriver, la pauvre enfant, avec ses petites mains de catin, j'ai dit : "Quoi c'que ce gars-là a dans l'idée d'emmener une femme feluette de même icitte?" Pis le premier souère, quand c'que Jacob à Vital a conté une *joke* pis qu'alle a rougi jusqu'à dans le blanc des yeux, j'ai dit à Didace : "A toffera pas une semaine, la belle maîtrêse."

«Mais, alle a toffé! Sais-tu à cause? C'est parce que c'est une petite borbis qui se laisse manger la laine sus l'échine! Ça dit jamais un mot plus haut que l'autre, pis ça sourit tout le temps**. Nous autres, je l'aimons ben. Alle est fine, pas trop fière pour une fille *high class*, pis a nous rend ben des sarvices.

---

* Sourcils.
** Elle a dit cela, parole d'honneur! Tu vois bien que tu es le seul à connaître mon mauvais caractère. C'est parce qu'avec toi, je retrouve mon âme d'enfant... colérique et gâtée.

Hier, alle a même défricheté un papier du gouvarnement que parsoune pouvait comprendre, pas même le *boss* pis le *foreman*. T'as qu'à ouère!

«Mais, tout le monde sait qu'a s'ennuie à mourir, l'esclave! Je lui en parlons pas, par exemple. Je faisons mine de pas remarquer qu'alle arrête pas de maigrir. C'te femme-là a assez maigri depuis une escousse, alle a pus yinque le poteau pis la musique! C'est pas normal quand c'qu'on est en famille! Y a ben yinque toi qui s'en aparçois pas, on dirait.

«À venir jusqu'asteure, je me mêlais de mes affaires. Ah! Je ouayais ses grands yeux tristes quand c'qu'a passait son dimanche après-midi à te regarder jouer au fer à joual ou ben aux cartes, mais je disais rien. Je savais ben que ça devait pas être une *fun* pour yelle de t'écouter paumer sur la table coume si que c'était un voleur. Je parlais avec yelle quand c'que j'avais le temps pour y changer les idées, mais je fourrais pas mon nez yousque j'avais pas d'affaire.

«Y a yinque une fois que j'ai manqué mettre mon grain de sel... C'est quand c'que t'as décidé que vous alliez passer les fêtes icitte. Pis t'as eu le front d'y annoncer ça juste un mois avant Noël! La pauvre enfant me faisait assez pitché quand c'qu'alle a appris la nouvelle! Les yeux y avont pas dérougi pour trois jours de temps. Je me disais : "Mathilde, tchins ta langue." Parce que je te cache pas que je trouvais ça pas mal *mean*, si tu veux le saouère!

«Ben là, drouète asteure, de la ouère de même, en famille, je me sacre ben quoi c'que tu vas penser, je te le dis : Pierre, tu fais mieux de faire tcheuque chouse ben vite, parce qu'y fera pas beau dans la cabane, je t'en signe un papier! Je t'avartis : si y faut, je vas parler au *boss* moi-même. C'te parsoune-là est en danger. Maiqu'alle aye les quatre fers en l'air, y sera trop tard. Si t'es pas capable d'en prendre soin, tcheuqu'un d'autre va être obligé de le faire à ta place. T'as compris?»

Pierre ne m'a pas soufflé mot de ce «sermon», mais ce matin, il a rempli la grande bouilloire pendant que je préparais le déjeuner. Et avant de partir au travail, il a dit, sans me regarder :

– Qu'est-ce que t'espères pour commencer à paqueter?

Je suppose donc qu'il va faire dès aujourd'hui les démarches nécessaires pour emprunter un camion. D'après Mathilde, ça ne se fera pas «en criant lapin». Il faut compter une semaine ou deux, paraît-il. Peut-être plus.

Chère Mathilde! Je crois que sans elle, je n'aurais obtenu mon congé que la veille de l'accouchement. Au cours des dernières semaines, elle m'a donné des tonnes de conseils sur la façon dont je devais m'y prendre pour forcer Pierre à me laisser partir.

– Coupe-lui les vivres, qu'elle disait.

Il faut prendre l'expression non seulement au sens propre, mais aussi au sens... heu... comment dire?... un peu malpropre. D'après ma conseillère, on doit supprimer les œufs parce qu'ils «mettont de la mine dans le crayon». Par contre, le salpêtre est fort recommandé : il calme les ardeurs... (C'est bon à savoir... n'est-ce pas?)

– J'en mets tous les jours dans la soupe de mes *lumberjacks*, dit-elle. Ça leur mouille le sublet.

Et si, malgré ces précautions, on reçoit encore des invitations trop insistantes, Mathilde recommande les grands moyens :

– Tu te croises les jambes, tu te rouvres le bec, pis tu huches : «Woh!»

Quand elle voit que je ne peux m'empêcher de rire, elle en rajoute. Elle me raconte, par exemple, ce qu'il faut faire à son «houme» pour «empêcher la famille». C'est vulgaire... et défendu par l'Église, mais je me permets de te le raconter quand même pour que tu connaisses mieux celle qui se porte à mon secours. La description qu'en fait Mathilde me paraît d'ailleurs plus drôle que grossière.

– Par commencer, dit-elle, tu le laisses se mâter coume y faut, pis là, tu pougnes c'te grande amanchure-là coume si que c'était un manche à baratte, pis tu y bailles aussi fort que tu peux. Après une escousse, tout ce qu'y te reste à faire, c'est d'essuer le lait de beurre. Ça y fait une beauté de bien, pis après ça, y te laisse tranquille pour une boune élan...

Elle me regarde pour s'assurer qu'elle ne m'a pas trop scandalisée et elle glisse à mi-voix, en plaçant sa langue dans sa joue :

– Je garantis pas que des petits pougnets de maîtrêse d'école, ça serait assez fort pour faire une boune *job*.

Inutile de dire qu'au début, ce langage me mettait terriblement mal à l'aise. Je me souviens de la première fois où Mathilde me sortit un échantillon de son «répertoire». C'était un dimanche, quelques semaines après mon arrivée. La famille prenait le frais dehors après le dîner. Je tricotais pendant que les enfants jouaient aux billes. Pierre sirotait une bière qu'en raison de la chaleur, il avait tirée de sa cachette, au bord de la rivière, loin du regard désapprobateur du contremaître. Mathilde raccommodait, assise sur le pas de la porte du «cook room».

– Viens te mettre à l'ombre avec nous autres, lui cria Pierre.

Elle ne se fit pas prier et accepta aussitôt l'offre de se «haler une bûche». La conversation roulait depuis un bon moment sur la canicule, les mouches noires et les maringouins quand Mathilde se tourna subitement vers Pierre.

– On dirait que tu bois en soldat, toi. Tu m'offres même pas une petite gorgée pour me rincer le gargoton.

Pierre lui tendit la bouteille.

– Prends le restant.

Elle frotta discrètement le goulot contre sa paume puis, levant la bouteille comme pour porter un toast, elle fit une grimace à Pierre et prononça solennellement :

– Que le bon Djeu allonge la tienne et *tight* la mienne!

Je crus que toute les mailles de mon tricot allaient se défaire...

Si l'éducation est censée préparer les gens à la vie, la mienne ne vaut pas grand-chose! D'abord, j'avais appris qu'une femme ne consomme pas d'alcool. Bien sûr, j'avais remarqué que certaines dames de la ville ne détestaient pas ajouter un peu de fort dans leur café, mais elles le faisaient avec la plus grande discrétion. Ma mère m'avait enseigné à verser en cachette quelques cuillerées de brandy dans la tasse de ces épouses de dignitaires, qu'il fallait bien recevoir à cause de la situation de papa. Mais de la bière? Je croyais que même les femmes les plus mal élevées n'en buvaient pas.

Le comble, pourtant, c'était la verdeur du langage de Mathilde! Les leçons de bienséance que j'avais reçues m'obligeaient à trouver son petit trait d'esprit plutôt obscène. Chez une femme, pareille grivoiserie me paraissait très déplacée.

Mathilde s'aperçut qu'elle m'avait déplu. Elle vint me voir le lendemain après le départ de Pierre et s'excusa.

– Ma djeule était p't-être pas tout à fait en *gear* avec ma *mind*, m'a-t-elle dit.

Puis elle ajouta :

– À vivre avec les loups, on finit par faire coume les loups. Mais c'est p't-être pas aussi tant pire que ça paraît. Y a des places yousqu'une femme doit montrer aux houmes qu'alle a pas frette aux yeux si qu'a veut se faire respecter.

Petit à petit, j'ai appris à voir derrière les mots crus et les anecdotes épicées la femme attachante, généreuse, pleine d'une tendresse qui ne veut pas dire son nom. Tu seras peut-être étonné d'apprendre que je la considère maintenant comme une amie. Ses gros mots ne me gênent presque plus quand nous sommes seules. Ils m'amusent même, parfois. (Voilà un signe qu'il est grand temps pour moi de revenir dans la «bonne» société.)

C'est une autre paire de manches quand les bûcherons sont là. J'ai noté, cependant, qu'en leur présence, la conversation de Mathilde est moins rabelaisienne. Elle conserve son franc parler, mais elle fait attention de ne pas trop exciter ces hommes déjà très portés à la plaisanterie plutôt salée. Parfois, elle va même jusqu'à leur dire de fermer leurs «djeules sales» quand ils sortent des «*jokes* trop cochonnes». Ce qui la choque, ce ne sont pas les mots grossiers, mais les attitudes méprisantes envers les femmes. Je ne suis pas loin de penser qu'elle a raison...

Mes deux élèves viennent de rentrer. À voir leurs mentons barbouillés de confiture, j'en conclus que ma suppléante les a laissés «fripouner», comme elle dit. Pour l'instant, ils tournent autour de moi en se disputant leur tour de tremper ma plume dans l'encrier.

Autant dire que mon heure de repos est terminée. Je reprends mon rôle de mère avec ce que cela comporte ces temps-ci de roulis et de tangage... Parfois je me crois en plein océan. Mais la houle ne risque plus de m'engloutir maintenant que je peux voir la terre à l'horizon. Oh, qu'il me tarde de toucher la rive! À très bientôt, j'espère.

Ta toute ballottée,
Madeleine

B. River
Le 21 avril 1954

Cher affolé,

Calme-toi, mon ami, je t'en supplie! Je ne suis pas en danger. Je le jure sur la tête de ma défunte mère. Bon, là, ça va mieux?

Je n'aurais jamais dû te rapporter le discours de Mathilde. Moi qui croyais te divertir... Je t'avais pourtant prévenu qu'elle exagérait. Qu'est-ce que tu as à tout prendre au pied de la lettre! Heureusement que je vais bientôt pouvoir te parler de vive voix. Ce sera peut-être plus facile de me faire comprendre.

Tu verras alors que je ne suis pas si malade que tu ne l'imagines. Je vais d'ailleurs mieux depuis que Mathilde me fait boire des gallons d'une herbe qu'elle appelle «corne de lion». C'est vrai que je suis un peu maigrichonne, mais je vais vite me remplumer quand je serai de retour dans mon «nid».

J'ai failli écrire «quand je serai dans tes bras». Et cela m'amène à soulever avec toi, sans détour, la question de nos rapports. Je ne sais comment tu les envisages à l'avenir. Tu as droit au chapitre, il va sans dire (tu vois que j'ai eu ma leçon), mais je me permets de te décrire ma position là-dessus pour ouvrir le débat.

Le premier petit prophète venu pourrait prédire que nous allons vouloir passer beaucoup de temps ensemble. Or, le degré d'intimité que nous avons atteint par le biais de notre correspondance nous rend plus vulnérables que jamais. Il est un peu tard pour nous en apercevoir, me diras-tu, mais nous n'y pouvons rien maintenant. Il aurait été sage de prévoir qu'un jour nous nous retrouverions, et que toutes ces confidences échangées au cours des mois feraient de nous ce qu'avant mon départ nous n'étions pas encore, c'est-à-dire des complices. Mais l'idée ne nous a pas effleurés. Ou si elle l'a fait, nous n'avons pas voulu en tenir compte. Nous nous sommes comportés comme si nous étions séparés à tout jamais.

Que faire? Surtout pas renoncer à nous voir! Compter sur le hasard des rencontres dans la famille ou à l'église? Ce serait peu satisfaisant. Nos lettres nous ont habitués à un type de communication dont nous ne saurions maintenant nous priver sans entraîner des frustrations complètement inutiles. Il n'y a rien de condamnable au côté fraternel de notre relation, bien au contraire. Pour toi, comme pour moi, notre amitié a été bienfaisante. Personne ne peut nier qu'elle a fait de nous des êtres plus sensibles, plus attentifs et donc plus humains. Pourquoi alors faudrait-il cesser de nous apporter l'un à l'autre le soutien moral d'un attachement solide comme le nôtre?

D'accord, il y a entre nous un attrait charnel qui nous cause quelques problèmes... Ce n'est pas une raison pour jeter le bébé avec l'eau du bain. Il suffit de prendre des précautions pour éviter les situations dangereuses. Je dois reconnaître, cependant, que c'est plus facile à dire qu'à faire...

Durant les dernières semaines, j'ai beaucoup réfléchi à la manière de s'y prendre pour avoir des rencontres satisfaisantes au plan amical sans s'exposer aux pires dangers. Je ne vois qu'une solution : faire appel à ta mère. Je m'explique.

J'ai des raisons de croire qu'elle est très renseignée sur nous deux. Je dirais même qu'elle n'ignore rien, ou presque rien. Elle sait aussi à qui elle a affaire. Elle a compris très tôt qu'il n'y avait pas de véritable antidote contre le philtre d'amour que nous avons bu dès le premier jour, sans vraiment nous en rendre compte. Elle n'a pas essayé de nous guérir parce qu'elle savait que dans ces cas-là, le remède est parfois pire que la maladie. Elle a préféré sauver ce qui pouvait être sauvé en agissant avec compréhension. Sachant maintenant que je serai bientôt de retour, elle doit se faire de la bile à notre sujet. Il n'est pas difficile pour elle de deviner ce que représentent pour nous nos retrouvailles prochaines.

Bref, je propose qu'avec elle nous jouions cartes sur table. Parlons-lui du désir que nous avons d'entretenir notre amitié en tout bien tout honneur. Elle ne peut être insensible à notre besoin d'une certaine forme d'intimité, il me semble. Demandons-lui son aide! Pareille requête peut te paraître folle, mais selon moi, c'est notre seule manière de nous en sortir.

Si tu es d'accord avec l'idée, je me porte volontaire pour attacher la cloche au cou du chat. Sérieusement, je me vois très bien lui exposer le problème... par écrit.

Tout cela est-il complètement insensé? C'est bien possible. Écris-moi vite pour me faire connaître ta réaction sincère.

Et envoie-moi quelques boisseaux de patience... Je commence à toucher le fond de mes réserves. À très bientôt, j'espère.

Ton impatiente,
Madeleine

P.-S.

J'espère ne pas avoir manqué à mon engagement de respecter ton désir de n'aborder le sujet qu'au moment opportun...

Moncton
Le 15 juillet 1955

Mon grand ami,

Coucou! C'est moi! Tu es surpris? Non? Pas du tout? Alors, au nom du ciel, fais semblant de l'être par politesse pour ma plume qui, depuis plus d'un an, n'a pas eu l'honneur de t'écrire. Ah! quelle tyranne elle menace de devenir, cette bougresse! Après avoir été autrefois mon humble et fidèle servante, la voilà qui, ces jours-ci, se donne des airs de grande dame désireuse de me mener par le bout du nez. Et rêveuse, sensuelle, s'abreuvant à une encre des plus troubles, se livrant sans relâche à toutes sortes de ruses pour arriver à ses fins! Une indésirable de la pire espèce, prends-en ma parole.

En bonne chrétienne que je veux être, j'essaie de la comprendre. Mon retour d'exil lui a porté un dur coup dont elle ne s'est jamais remise. Rendue inutile par nos rencontres, elle a dû se réfugier au fond de son plumier pour y ronger son frein et préparer sa vengeance. Tout semble indiquer qu'elle souhaite saisir l'occasion de ce voyage pour revenir sur la scène et même... y faire une entrée remarquée. Ah, la coquette! Pour un peu, elle se laisserait persuader que l'ayant crue tarie à tout jamais, tu en es devenu inconsolable. J'ai beau lui déchirer sous le bec tout ce qu'elle secrète, elle recommence de plus belle le lendemain. De guerre lasse, j'ai décidé de la laisser s'exprimer, l'expérience m'ayant appris que ce à quoi on résiste, persiste... Mais je ne vais tout de même pas lui donner carte blanche. Je compte, au contraire, lui tenir l'encrier assez haut, si tu vois ce que je veux dire...

Et de quoi veut-elle donc t'entretenir, cette bavarde? Du voyage en train (fatigant)? «Nenni!» De la ville (chaude et humide)? Pas du tout! Des enfants (qui se croient au paradis parce qu'Émilie les bourre de gâteaux)? Pas davantage! Il fallait s'y attendre : elle veut s'étendre – langoureusement et de tout son long – sur l'incroyable événement qui s'est produit peu avant mon départ.

Le sujet étant difficile à traiter, je lui ai fixé un plan qu'elle devra respecter, sinon ses gribouillis ne se rendront tout simplement pas à destination.

Sujet permis : le côté providentiel de cet événement extraordinaire.

On peut presque dire qu'elle était écrite dans le ciel, cette rencontre, car si elle a pu avoir lieu, c'est à cause d'une série «d'adonnances». Examinons-en quelques-unes.

1) Lucie m'a téléphoné pour m'annoncer qu'en se rendant voir son frère au chantier de N., elle et Bernard passeraient me dire bonjour; si elle avait mentionné que tu comptais faire aussi le voyage, jamais je n'aurais osé proposer d'y aller moi aussi.

2) Si je n'avais pas fait cette demande, Lucie ne m'aurait pas invitée. Elle était persuadée qu'une visite dans un chantier, quel qu'il fût, me rappellerait trop de mauvais souvenirs. «Moi qui t'a vue revenir de B. River avec la mort écrite dans la face, jamais j'arais cru que tu remettrais les pieds dans une *camp* de ton vivant», m'a-t-elle déclaré.

3) Si, le matin même du départ, Lucie n'avait pas dû assister sa voisine tombée malade, nous aurions eu dans la personne de notre belle-sœur un chaperon à qui il n'aurait pas été facile d'échapper.

4) Si tu n'avais pas tant questionné Bernard au sujet de son chalet, il n'aurait peut-être pas eu l'idée de faire «un petit détour» (de 25 milles!) pour nous le montrer.

5) Si, rendue près du chalet, je ne m'étais pas mise à pousser des exclamations sur la beauté du lac, Bernard aurait peut-être mieux regardé la route et évité la planche pleine de clous.

6) Si Bernard avait eu assez de prévoyance pour apporter un pneu de rechange, il n'aurait pas été obligé de se rendre à pied chez le plus proche voisin, nous laissant seuls pendant près de deux heures.

7) Si, un peu plus tôt, tu n'avais pas décrit la drôle de façon (avec ou sans jeu de mots) dont tu t'es tordu le genou (j'es-

père que c'est guéri, car j'ai peine... à m'empêcher de rire...),
Bernard aurait peut-être consenti à ce que ce soit toi qui ailles
faire réparer le pneu.

Entre nous, il avait l'air fortement tenté d'accepter ton offre malgré ta blessure. Je parie qu'il aurait bien aimé profiter
de ces quelques heures pour réparer le toit du chalet, mais ta-
quin comme il est, il est bien capable d'avoir cédé à la tentation de nous faire une bonne farce.

Je vois encore son sourire malicieux au moment où il allait partir, sa «tripe» (comme il disait) autour du cou.

– Ma petite Mado, tu vas être obligée de rester toute seule
avec un Arsenault. J'arais pu tirer à pile ou face pour décider
quel est-ce des deux, mais c'est clair que t'es moins en danger
avec le père Louis qu'avec moi.

– Vraiment? dis-je d'un ton qui se voulait neutre.

Il éclata de rire.

– Si que son genou est aussi mal amanché qu'y nous l'a
conté, y pourra pas courir ben vite. Ça fait que si que tu veux
pas te faire achaler, t'as yinqu'à te sauver dans le bois. Tandis
que moi, c'est pas pareil... J'ai mal en nunne part. Pis, je haï-
rais pas ça, courir après toi dans les petits chemins de lapins.
Tu t'apercevrais vite que j'ai les membres pas mal solides pour
un homme de mon âge...

S'il ne nous avait pas laissés sur cette note un peu... tu sais
quoi, tu n'aurais sans doute pas senti le besoin de te justifier à
mes yeux. En déclarant que tu n'étais pas un «rabatteur de
gibier» et qu'avec le temps, tu avais «perdu l'habitude de faire
des avances qui n'étaient pas bien reçues», tu as commencé à
nous endormir dans une fausse sécurité.

Ne te sens pas insulté, je suis tout aussi fautive que toi. Eh
oui! Naïve comme ce n'est pas permis, je suis même allée jusqu'à dire qu'heureusement, nous avions atteint un point où
nous ne courions plus de risque «de ce côté-là». Comme si c'était
possible! Comment peut-on être aussi stupide! Tu as la réponse,
toi? Non, puisque tu as fait tout un discours sur «l'impression
de victoire que l'on ressent quand l'esprit triomphe de la chair».

À tout cela, je répondais «Amen», c'est-à-dire que je soulignais les bienfaits de la volonté, de la vigilance et (comble de bêtise!) du sacrifice... jusqu'au moment où nous nous sommes retrouvés, assis en face l'un de l'autre à la petite table que nous avions dénichée sous les arbres près du lac. Là, petit à petit, le beau sermon à deux voix changea de tonalité...

Le cadre enchanteur, l'occasion unique qu'offrait la situation et, je suppose, «quelque diable nous y poussant»... Tu as commencé par chanter mes louanges. «Tu es mon étoile du matin, ma raison de vivre, la sœur de mon âme», disais-tu dans une sorte de litanie que j'écoutais sans m'en fatiguer.

Il y avait longtemps que tu ne m'avais tenu ce langage, qui était plutôt celui de tes lettres. Nos tête-à-tête, ces derniers temps, manquaient totalement de poésie. Et ils étaient réduits au minimum, surtout depuis la fameuse lettre anonyme qui nous avait tant effrayés.

Mais au lac P., ce jour-là, tout à la joie d'être enfin seule avec toi, je buvais tes paroles, qui réveillaient en moi une vieille soif... Loin d'être étanchée, comme j'avais essayé de me le faire croire, elle se manifestait tout à coup avec une intensité surprenante.

Soudain, je vis passer dans tes yeux, le temps d'un éclair, une petite flamme que je connaissais bien. Un réflexe qui commençait à avoir de l'âge me fit aussitôt détourner le regard. Puis, mal à l'aise, ne sachant plus distinguer entre mon désir et mon devoir, j'ai voulu me donner un moment de réflexion en me penchant pour ajuster ma chaussure. Tu as cru que j'offrais ma nuque... La douceur de ta main fit monter à la surface toute la sensualité que je pensais avoir enfouie profondément.

«C'est parti!» me disais-je, sans faire le moindre mouvement qui aurait pu mettre fin à tes caresses. Je me laissais les goûter en silence... Sans la moindre protestation de ma part, tu retiras les peignes qui retenaient mon chignon. Mais quand je sentis mes cheveux se répandre sur mes bras nus, je me redressai d'un geste vif et reculai ma chaise.

– Tu as peur de moi?

– Pas de toi, grand sot, mais des gens qui pourraient nous voir! Je viens d'entendre craquer une branche, là-bas.

C'est alors que nous avons aperçu un petit faon qui se dirigeait vers le lac. La vue de cet animal si paisible, si gracieux, nous permit de reprendre nos sens. (C'est une manière de parler...)

J'attirai ton attention sur la chaloupe qui semblait nous attendre, non loin de là.

– J'ai compris, as-tu dit.

Et tu es parti en boitillant.

Je cherche encore ce que tu avais compris... Que la récréation était terminée ou que je souhaitais me promener sur le lac? L'un et l'autre, peut-être.

En te regardant accomplir plutôt gauchement (pardonne-moi!) les gestes nécessaires pour amener le bateau jusqu'à moi, je me faisais quelques réflexions sur le rôle des hommes et des femmes. De nous deux, c'était moi la plus capable de faire ce travail. Premièrement, parce que je n'avais pas d'entorse et deuxièmement, sans me vanter, j'ai le pied marin, moi! Mais je n'ai aucun mérite; jusqu'à mon mariage, j'ai passé une bonne partie de mes étés sur l'eau. Les bateaux à rames, je connais ça comme tu connais le base-ball. Et même un peu mieux, car je ne me souviens pas de m'être tordu un membre en ramant...

C'est à partir d'ici que les choses se gâtent... Il se peut que tu ne sois pas de mon avis, mais je considère que nous nous sommes conduits comme de purs hypocrites. À l'extérieur, nous étions irréprochables. Que vit Bernard quand il surgit à l'improviste? Son frère et sa belle-sœur, séparés l'un de l'autre par une distance respectable, se laissant glisser au fil de l'eau. Quoi de plus innocent! Il ne vit pas leurs pieds nus qui s'étaient rejoints pour traduire (sans grâce mais avec quelle efficacité!) l'intensité de leur désir. Il n'entendit pas les paroles voluptueuses qu'à voix basse ils échangeaient. Il ne devina jamais que ce couple, en apparence tranquille, se payait, à la barbe de l'univers, une scène d'amour!

Que j'aie pu me prêter à ce jeu, cela me dépasse! Je me sentirais moins coupable, je pense, si nous nous étions réfugiés dans le sous-bois pour nous embrasser, ou même pour nous donner l'un à l'autre sans aucune retenue. La vérité... la terrible vérité... c'est que je regrette que nous ne l'ayons pas fait!

Si tu es choqué par ce que je viens de te dire, lis la suite, tu comprendras peut-être mieux.

J'ai cru d'abord que nous avions réussi à éviter le pire. Je me demande maintenant si, au contraire, nous n'avons pas enfermé le loup dans la bergerie. Quand tes phrases me reviennent en mémoire (et elles le font souvent!), c'est toute l'atmosphère équivoque de cette promenade qui se recrée en moi avec tout ce que cela suppose de concupiscence. Je me surprends à rêver que la scène se répète. Ce serait si facile! Désormais, nous pourrions nourrir notre passion sans nous cacher...

Ah! nous pensions avoir trouvé la façon de dompter la chair! «Privations et mortifications», tel était notre mot d'ordre depuis que, «charitablement», on nous avait mis en garde. Nous étions prêts à tous les sacrifices pourvu que nous puissions continuer de nous voir. Un modèle de vertu, voilà ce que j'ai essayé d'être dernièrement! Je ne tolérais de ta part aucune familiarité, même la plus innocente. Tout cela pour en arriver là! À voir où la continence totale nous a conduits, je ne peux m'empêcher de conclure qu'elle n'est qu'un piège dangereux. À sa manière, elle est tout aussi révoltante que l'abomination qu'elle a engendrée sur le lac.

Voilà où j'en suis. Je vais de la sensualité à l'amertume. Par moments, je me laisse aller au souvenir de notre dernière folie, puis je sombre dans la tristesse. Je me punis alors mentalement, mais je t'annonce que j'ai renoncé aux pénitences que nous nous imposions (depuis mille ans, me semble-t-il). Que le père missionnaire se trouve une autre pécheresse à martyriser; moi, je démissionne. À quoi bon macérer la chair! Les résultats obtenus sont cent fois pires que tout ce que nous nous sommes permis à l'époque où j'avais moins peur des conséquences.

Parfois je me dis qu'entre ma conscience «élastique» d'autrefois et mes pratiques ascétiques des derniers mois, il doit y avoir une troisième voie, plus raisonnable et plus efficace. *In medio stat virtus.* Pour l'instant, je n'ai même pas le courage de le chercher, ce juste milieu. C'est te dire!

Le lendemain

Je ne t'aurais pas écrit si je n'avais pas d'abord trouvé un moyen de te faire parvenir ma lettre sans attirer les soupçons de qui que ce soit. Je vais la glisser dans l'un des livres que sœur Marie-Françoise a bien voulu accepter de t'apporter. C'est Émilie qui lui a demandé ce service. Ma grande sœur tient beaucoup à te faire goûter à la spiritualité de ses deux saints préférés : Jean de la Croix et Thérèse d'Avila. Devine qui s'est plainte que son curé ignorait tout des grands mystiques, alors qu'il a lui-même le potentiel voulu pour en devenir un, à condition de changer d'attitude à leur égard...

Maintenant que je connais à quelle méthode d'analyse tu soumettais jadis mes lettres, je sais d'avance ce que tu vas penser de la présente. «Oh, oh! Une figure de style qui tourne au morceau de bravoure!» diras-tu dès le premier paragraphe. «Il doit y avoir anguille sous roche. Cherchons les indices. Le ton est-il faussement enjoué? Les points de suspension sont-ils plus fréquents que d'habitude? Si oui, elle essaie de dissimuler quelque chose.» Au temps de mon exil, pareil commentaire m'aurait fait monter sur mes grands chevaux. Aujourd'hui (est-ce la fatigue, la résignation ou... le début de la sagesse?), je ne ferai même pas l'effort de me défendre. Pire encore, je suis prête à reconnaître que par le passé, certaines de mes «pièces d'anthologie*» révélaient qu'un malaise quelconque m'avait obligée à jeter de la poudre aux yeux. Il y a de fortes chances que ce soit aussi le cas cette fois-ci; je verrai cela plus tard. Toutefois, ma propre analyse me force à prendre conscience qu'une autre cause vient s'y ajouter. Comme elle est encore moins excusable que l'autre, si je t'en parle, c'est par souci d'honnêteté. J'ai envie d'être avec toi aussi sincère que j'en suis capable. Par les

---

* J'ai bien vu le petit sourire qui accompagnait cette remarque quand tu m'as lu ces passages à mon retour d'exil...

temps qui courent, tu es bien la seule personne avec qui je peux me permettre de l'être!

Voici donc ce que j'ai découvert en relisant ma lettre ce matin : je suis jalouse de tes talents littéraires et j'essaie, de temps à autre, de t'imiter! Bien entendu, je n'y arrive pas, mais je ne m'en aperçois qu'après coup. C'est la relecture qui me fait mesurer la distance entre mes images un peu forcées et les métaphores si évocatrices que toi, tu déniches pour exprimer toutes les nuances de tes pensées ou de tes sentiments. Je ne m'en console pas, même si parfois j'ai quand même l'humilité de t'expédier mes maladroites tentatives. Au lieu de te contenter de me taquiner, qu'attends-tu pour me donner de véritables leçons de style? J'aimerais tellement réussir à écrire de la vraie poésie!

Aujourd'hui, tu devras te contenter de mes pastiches manqués.

Ta plumitive*

---

* Au second sens du mot, hélas!

Moncton
Le 30 juillet 1955

Cher ami,

Si ce n'est pas déjà fait, installe-toi bien confortablement, car ce que j'ai à te dire risque de te secouer un peu. Tu ferais bien aussi de te gréer de patience car je pourrais ne pas aller directement au but. Quand on a des horreurs à se faire pardonner, on n'est pas pressé de battre sa coulpe. C'est ce qui explique la longueur du Confiteor. L'Église a tenu compte des besoins humains; une fois n'est pas coutume.

Tu crois que je suis partie à la dérive? Erreur! C'est de besoins humains, d'Église et de confession que j'ai à te parler... ou de quelque chose qui flotte dans ces eaux-là. Tu peux compter sur une vieille louve de mer comme moi pour te mener à bon port, la coque du navire un peu «cobie», peut-être, ou la voile un brin effilochée, mais la cargaison intacte, parole de capitaine.

All aboard?

Je recule les aiguilles de l'horloge pour nous ramener à onze heures hier matin. C'est l'heure où j'ai rencontré David à Saint-J.

Je t'ai déjà dit qu'il est mon frère préféré. Il a été pour moi une sorte de guide. À l'époque où il était collégien, il passait ses étés à m'initier au latin et à la littérature. Il m'a fait lire une tonne de livres et il continue. Sans vouloir enlever quoi que ce soit au mérite des sœurs du couvent, je dois souligner qu'une partie du vernis culturel que je possédais quand tu as bien voulu t'occuper de mes études me venait de ce frère pour qui j'ai la plus grande admiration. J'ai toujours envié la science et la sagesse de ce savant professeur.

Il a aussi eu sur moi une influence spirituelle qu'il nie catégoriquement aujourd'hui. Selon lui, c'est moi, au contraire, qui ai déterminé en bonne partie ses prises de position actuelles! Il paraît que mon «mysticisme» l'a forcé à repenser en profondeur sa foi et sa pratique. Les innombrables questions dont je l'ai toujours accablé y sont aussi pour quelque chose, si j'ai bien compris, car elles l'auraient poussé à chercher des réponses chez les grands sages, même ceux des autres religions.

C'est étrange comme on peut être pour l'un une occasion de dépassement tandis qu'on est pour l'autre un obstacle sur cette voie. Mais, nous le verrons plus loin, il y a une autre façon de voir les choses.

Je n'avais pas revu David depuis fort longtemps. Comme j'avais la chance de me trouver pas trop loin de Saint-J., j'ai pris rendez-vous avec lui. Pour le voir, tout simplement. Je n'avais aucunement l'intention de lui confier ce qui me trouble ces temps-ci. (Si, comme je l'espère, tu as ouvert les livres que t'a remis sœur Marie-Françoise, tu comprends mieux ce que je veux dire.)

Nous avons beaucoup parlé de spiritualité. J'ai mentionné, en passant, que j'étais très déçue d'avoir suivi les conseils d'un prédicateur de neuvaine qui m'avait conduite à l'ascétisme. David s'est tout de suite montré très intrigué. Il a voulu savoir quel type de mortification j'avais pratiqué, pendant combien de temps et dans quel but. Je bafouillai des réponses plus ou moins claires qui finirent par se perdre dans des reniflements.

Sa longue expérience des âmes en peine lui permettait de garder tout son calme. Il me souriait avec douceur, tendrement, comme le bon grand frère qu'il a toujours été pour moi. Devant tant de bonté et de compréhension, je fondis en larmes. Je pleurai à gros sanglots pendant un bon quart d'heure. Puis, dans un élan de sincérité mêlée de désespoir, je lui racontai tout. Absolument tout!

Au début, je taisais ton nom. Je ne dévoilais que le strict nécessaire à ton sujet. «Je le vois presque tous les jours.» «Il est lié par des vœux.» «Sa mère est notre chaperon.» Mais à force de réunir des indices, il n'était pas difficile de deviner de qui il pouvait s'agir. (Le moment est mal choisi, mais je ne peux m'empêcher de te taquiner en ajoutant que les beaux grands blonds aux yeux bleus ne sont pas nombreux dans le village et que si, par-dessus le marché, on ajoute que l'amoureux est un homme instruit capable d'en remontrer à la petite institutrice du coin, il ne reste pas beaucoup de candidats sur les rangs.)

David ne semblait pas le moins du monde préoccupé d'identifier «l'élu de mon cœur». (J'aime son expression. D'autres auraient parlé de «séducteur» ou de «coupable».) C'est moi qui, au cours d'une envolée à la gloire de ton talent littéraire, ai laissé échapper ton nom.

Je n'avais pas le droit de t'impliquer dans cette confidence. Cette étourderie me désole, sois-en assuré. Je suis d'autant plus consternée que vous vous connaissez tous les deux. Il se rappelle avoir fait ta connaissance au collège pendant un pèlerinage.

— Je comprends très bien que tu aies été attirée par lui, m'a-t-il dit. Il est tout à fait ton genre.

Je n'ai pas osé lui demander ce que cela signifiait...

Voilà ce que j'avais sur la conscience. J'hésite à implorer ton pardon, car la faute est irréparable. On ne rattrape pas une indiscrétion. Ce qui est dit, est dit. Incapable de me racheter, j'accepte donc que tu sois fâché contre moi. Je me dis qu'à ta place, je me sentirais blessée, trahie peut-être.

En espérant que tu me conserves tout de même ton amitié, je continue en te décrivant de mon mieux l'attitude qu'adopte David au sujet de notre liaison. Soulignons d'abord qu'à ses yeux, ni toi ni moi ne méritons d'être considérés comme des criminels. Sans chercher à approuver ou à condamner notre conduite, il m'a fait voir notre amour sous un jour nouveau qui m'inspire beaucoup de courage. Il m'est impossible de résumer notre conversation, mais j'aimerais quand même rapporter quelques-uns de ses propos qui me reviennent par bribes. Je le fais en te rappelant que des bouts de phrases pris ici et là peuvent acquérir un sens différent de celui que l'auteur voulait leur donner.

«Tout amour vient de Dieu, cette grande force qui est elle-même amour. C'est une manifestation de l'Être suprême dont nous faisons tous partie, comme la goutte d'eau fait partie de l'océan. Cette intelligence universelle sait ce qu'elle fait. Il n'y a donc pas lieu de résister, de s'opposer à cette poussée de la vie. Au contraire, il faut s'ouvrir, se laisser pénétrer...»

Là-dessus je l'interrompis pour lui rappeler qu'à une certaine époque, c'est ce que j'avais fait... et plus exactement qu'il ne semblait le croire...

Sans se laisser distraire par ma remarque, il me demanda :

– Tu t'es laissé pénétrer par l'amour ou par les sensations? As-tu vraiment servi l'amour? Ou t'en es-tu servie pour ton plaisir?

Il avait l'air de connaître la réponse mieux que moi...

«L'important, reprit-il, c'est de voir en chaque être une parcelle divine et d'agir en conséquence. Au lieu de se laisser écraser par l'idée des commandements, du devoir ou du péché, il faut aimer. C'est tout! Le reste tombe en place sans qu'on ait à s'en soucier.»

Je lui fis de nombreuses objections. Je voyais dans sa position une sorte de plaidoyer en faveur de la passivité qui, à mon sens, peut entraîner de graves conséquences. Point par point, il démolit tous mes arguments. Non pas nécessairement par la logique, qui ne l'intéresse guère (c'est de famille...), mais par des déclarations qui venaient toucher en moi mon vieux fonds de mysticisme, plus vivant que je ne l'aurais cru. Petit à petit, sa façon de regarder les choses, ou plutôt de les sentir de l'intérieur à l'aide d'une faculté qui n'a rien à voir avec la raison et encore moins avec les émotions, bref, sa manière d'aborder les problèmes me parut juste, sensée, vraie et pratique!

«Si l'on aime sans condition, sans attentes, sans attaches, si – au plan affectif – on laisse les autres libres, totalement libres, le reste importe peu. C'est notre besoin de sécurité, de pouvoir et de sensation qui nous rend esclaves; ce n'est pas l'amour. L'amour vrai est toujours libérateur. Il n'est pas source de souffrance mais de joie et de lumière.»

Je suis consciente que je ne rends pas justice à la force de persuasion qui l'anime. Celle-ci se trouve moins dans les mots qu'il prononce que dans sa manière d'être. Elle découle de ses convictions profondes, cela se voit. Je vais tout de même lui demander de mettre par écrit ses réflexions afin que je puisse les approfondir. Qui sait, peut-être souhaiteras-tu leur jeter un petit coup d'œil...

Au fond, le point de vue de David n'est pas très éloigné de celui que m'a exposé ta mère dans la dernière lettre qu'elle m'a envoyée au chantier. Tu te souviens que je l'avais suppliée de nous aider. En réponse à cette demande de surveillance, elle avait formulé quelques réflexions générales. Sur le coup, je n'ai pas accordé beaucoup d'attention à ces recommandations, vu qu'elles me sont arrivées au moment où je venais de faire ma fausse couche. Puis, ce fut mon départ précipité du chantier et mon interminable convalescence. Dans les conditions où nous parvenions à nous voir, à cette époque, nos amours ne présentaient plus aucun danger.

En fait, ce n'est que six ou sept mois après mon retour que les occasions de nous voir en secret se sont présentées. J'avais eu le temps d'oublier la lettre de ma belle-maman et les sages paroles qu'elle contenait. C'est alors que nous avons dû faire face aux horribles conséquences d'une dénonciation possible. Pris de panique, nous avons fait appel aux cruelles méthodes qui nous tombaient du ciel dans la personne du père Bastarache.

Quand ta mère s'aperçut que je portais un cilice, elle se montra très chagrinée.

– Ma pauvre petite, ça risque d'empirer les choses, m'a-t-elle dit, les larmes aux yeux.

Mais je n'étais pas d'humeur à écouter ses conseils. Et puis, si je veux être complètement honnête, je suis obligée d'admettre que pour un bas-bleu comme moi, les propos d'une bonne vieille grand-mère n'avaient pas le poids que prennent aujourd'hui ceux d'un théologien cultivé tout auréolé de longues méditations sur la spiritualité.

J'espère avoir bientôt l'occasion de discuter de tout cela avec toi. Je vois dans cette nouvelle conception des choses un phare que je laisse me guider sur les eaux tumultueuses où je n'ai pas encore cessé de naviguer.

Tienne dans la demi-clarté,
Madeleine

Moncton
Le 10 juillet 1956

Mon ami,

Quelques lignes à la course et en cachette pour te dire que je serai au rendez-vous exactement selon le plan prévu. Je prendrai l'autobus qui arrive à Saint-J. vers les onze heures, ce qui me permettra de passer une heure avec mon frère. Vers midi, tu pourras venir nous rejoindre.

Si, après huit jours d'absence, l'idée de cette rencontre me remplit de joie, d'un autre côté, les manigances qu'il me faut faire pour la rendre possible me répugnent énormément. Ce qui me dérange le plus, c'est de mentir à Émilie. Dire qu'autrefois, je n'avais pas de secret pour elle... Puis, tu es entré dans mon cœur et, petit à petit, je me suis mise à lui cacher des pans entiers de ma vie. Elle en a beaucoup souffert, je le sens. À moi aussi elle est pénible, cette distance que j'ai mise entre elle et moi, parce qu'il le fallait si je ne voulais pas perdre son amitié... ou avoir une deuxième conscience trop exigeante.

Hier, cette réalité s'est fait sentir d'une triste façon. Quand je lui ai annoncé que je voulais rendre visite à David, elle s'est tout de suite écriée :

– Je t'accompagne! Ça fait si longtemps que je l'ai vu.

La déception devait se lire sur mon visage, car elle a tout de suite ajouté :

– Je crois comprendre que tu préfères le voir seule.

Je fis un geste vague.

– C'est normal, après tout, poursuivit-elle. Je suppose que tu veux lui parler de ta vie spirituelle.

Je changeai de sujet avant d'être tentée de lui avouer que ce n'était pas avec David que je comptais passer l'après-midi. Je ne la sens pas encore prête à accueillir cette confidence. Plus tard, peut-être.

Tu vois que je suis capable de tenir ma langue. Et pourtant, mon indiscrétion de l'été dernier n'a pas eu de conséquences fâcheuses. C'est plutôt le contraire. Notre situation s'est passablement améliorée depuis le jour où j'ai tout révélé à David. S'il n'avait pas été au courant de notre secret, jamais il n'aurait pu nous aider à mettre de l'ordre dans notre relation, comme il l'a fait. Aurais-tu accepté de correspondre avec lui et d'aller le voir si mon indiscrétion ne t'avait pas mis sur la voie (et peut-être aussi, dans un sens, forcé la main)? Je me réjouis que ces démarches aient été profitables pour tout le monde. Même les paroissiens ont l'impression d'avoir retrouvé le bon curé que tu étais autrefois!

Tout cela parce qu'un jour je n'en pouvais plus de me taire! Et dire qu'on trouve des tas de livres sur les malheurs causés par des femmes trop bavardes. Il est temps que je me mette à l'œuvre et que j'écrive l'histoire de notre village : une belle épopée qui raconterait comment notre paroisse a su éviter la catastrophe vers laquelle elle se dirigeait. Titre proposé : «Aventure d'une belle paroisse acadienne sauvée de justesse grâce au fait qu'une femme est passée aux aveux!»

Hum! L'idée n'est pas très formidable. Les mauvaises langues auraient vite fait de désigner comme responsable du danger l'indiscrète qui se donne maintenant des allures de salvatrice. Et elles n'auraient pas tort.

Réfléchis à tout cela en attendant nos très prochaines retrouvailles. Ou plutôt non. Repose-toi. Profite bien de ta semaine à Saint-J. pour te changer les idées et achever de te mettre en pleine forme. Je m'attends à ce que l'homme qui m'a donné rendez-vous m'arrive frais et dispos, les nerfs solides et le cœur bien accroché.

Ce qui, d'aucune manière, ne peut signifier qu'il doive se montrer entreprenant. Quel soulagement de penser qu'elle est terminée l'époque où une telle interprétation était encore possible. Mais si j'ai senti le besoin de faire cette précision, c'est peut-être qu'un petit reste de braise couve encore sous la cendre. Il serait donc prudent de ne pas vendre la peau de l'ours...

Ceci dit, je me permets tout de même de t'embrasser. Sans passion, d'accord! Mais quand même avec la chaleur que permet notre éternelle amitié.

Ta (presque) toute convertie,
Madeleine

P.-S.

En me relisant, je m'aperçois que j'ai employé le mot «salvatrice» comme s'il était un nom. C'est une erreur, mais qu'y puis-je si le mot «sauveur» n'a toujours pas de féminin! Est-ce ma faute si le monde n'a pas encore été sauvé par une femme?

Pour l'instant, c'est moi qui dois me sauver, car j'entends ma sœur crier que c'est l'heure de la messe. Compte sur moi pour prier le ciel qu'il nous envoie «la» messie dont la terre a besoin.

Moncton
Le 23 juillet 1956

Louis, mon ami,

Tu ne m'as pas quittée. Dans ma tête et dans mon cœur, je reste en relation avec toi. Parfois... souvent... très souvent... (ça dépend des jours), je revis en pensée les moments merveilleux que nous avons passés ensemble à Saint-J. Je revois ton visage, épanoui et radieux. J'évoque tes yeux, si beaux, si calmes. Comme une rivière à l'aube d'une belle journée d'été. Dans cette eau limpide et profonde, je puise la force, le courage et la sérénité.

Quelle magnifique journée! Une harmonie parfaite. Une communion totale. Ces heures bénies, qui chantent encore dans mon cœur, me prouvent que notre amour n'a rien perdu de son intensité. Plus il se dépouille de son caractère sensuel, plus il laisse apparaître la profondeur et la solidité de ses racines. Les chastes joies de notre nouvelle alliance, parce qu'elles sont débarrassées des frustrations qu'entraînait notre liaison, valent bien les rares moments de plaisir charnel que nous avons pu nous offrir au cours de toutes ces années.

Dans un sens, nous retrouvons la fraîcheur et la spontanéité de nos premières rencontres. Mais l'intimité que nous avons connue fait de nous des amis d'un type peu commun. Si nous n'étions pas une exception, la langue française disposerait d'un mot pour désigner des gens dont les rapports ne sont ni vraiment platoniques (soyons francs) ni physiques. Nous ne sommes pas de vieux amants dont les sens se sont calmés. Mais nous ne sommes pas davantage les êtres héroïques que nous avons déjà essayé d'être. Finie, j'espère, l'époque des apprentis martyrs! Merci, mon Dieu!

La voie que nous avons décidé de suivre (en avions-nous vraiment le choix? en existe-t-il une autre qui soit praticable?) n'est pas nécessairement facile. Même si elle n'est pas fondée sur le renoncement au sens ordinaire, elle suppose un tel changement dans les idées qu'elle devient, par le fait même, terriblement exigeante. Je redoute moins de céder à la tentation de la chair que de succomber à celle de l'esprit. Mes vieilles façons de penser sont si ancrées qu'il me faut parfois une vigilance de tous les instants pour leur échapper. Je fais surtout allusion à ma définition de l'amour.

Ce qui me donne de l'espoir, cependant, c'est justement la qualité du bonheur que nous goûtons tous les deux depuis que s'est opérée en nous cette transformation. Pour rien au monde, je ne voudrais revenir à cette période de notre relation où le moindre plaisir ne s'obtenait qu'au prix d'une grande agitation intérieure. De ton côté, il y avait en plus ce perpétuel sentiment de culpabilité dont tu m'apprends l'existence, maintenant qu'il n'y a plus de raison d'y porter remède. Si j'en avais été informée à l'époque, j'aurais pris les grands moyens pour mettre fin aux dégâts, tu t'en doutes bien! C'est pourquoi tu t'es toujours abstenu de m'en parler, mon sacripant! Le fameux «moment opportun» ne s'est jamais présenté...

Mais, confidence pour confidence, même si je n'étais pas dévorée par le même type de cancer (du moins pas au même degré), la fièvre qui me consumait nuit et jour m'empêchait, je m'en aperçois aujourd'hui, de savourer pleinement mes instants de bonheur. Il a fallu que j'en guérisse pour me rendre compte à quel point j'étais atteinte, il n'y a pas si longtemps.

Je ne veux cependant pas me raconter des histoires et croire que je vais désormais échapper à la condition humaine. Ma frêle petite barque reste tout de même à la merci des vagues. Et tant qu'elle naviguera près de la tienne, qui pourrait garantir qu'elles ne seront jamais emportées par le courant?

Il reste que si j'examine sincèrement ce qui se passe en moi, je constate une très grande différence entre mes états d'âme des dernières années et ceux de cet été. Pour l'exprimer à mon goût, il me faut une métaphore à saveur maritime. C'est pourquoi je prends la liberté de faire une variation sur un thème que tu as développé à Saint-J. pour me décrire ce que tu vivais.

«Tout se passe, disais-tu, comme si j'étais sur un vaste océan dont la surface peut s'agiter parfois de fortes vagues alors que le fond reste profondément calme.» J'ajouterais que pour ma part, c'était autrefois le contraire : la surface pouvait, par moments, connaître une grande accalmie, l'agitation n'en régnait pas moins en permanence dans les profondeurs.

Mon cher Louis, toi qui n'es pas né comme moi près de la mer, tu as fini par te faire happer par elle, toi aussi. À force de frayer avec le matelot manqué que je suis... Car tu n'es pas sans deviner que si j'avais eu le sexe exigé, j'aurais fait carrière dans la marine. Le sort en a décidé autrement. Je me contente donc de laisser voguer mon imagination. Contrairement à ce que l'on pourrait croire, ce n'est pas moins dangereux... Celle qu'on nomme «la folle du logis» est l'un de mes pires ennemis.

Dans deux semaines exactement, je serai de retour au village. Jusqu'ici, tout comme l'été dernier, ces vacances chez Émilie ont été très profitables aux enfants. Je crois l'avoir démontré dans ma lettre que leur grand-mère vous lira au moins deux fois si elle n'a pas perdu ses vieilles habitudes. Même si je passe ici des moments agréables, j'ai bien hâte de rentrer à la maison. Il me tarde surtout d'entreprendre le projet que nous avons conçu ensemble à Saint-J. Une école régionale, quand j'y pense! Les paroissiens vont être d'accord, ils ne demanderont pas mieux. C'est le gouvernement qu'il faudra convaincre! Il y aura bien des démarches à faire, mais avec toi à mes côtés, je suis prête à faire face à toutes les traverses que les Anglais placeront sur notre route.

J'espère que nous avons enfin trouvé la formule qui nous permettra de nous voir souvent tout en travaillant au plus grand bien de tous. Ta mère l'avait compris bien avant nous : «Il faut canaliser le courant», disait-elle. C'est ce que nous allons faire. Puisse Dieu nous venir en aide.

Je bavarderais bien avec toi un bon moment encore, mais la maisonnée vient de se réveiller et commence à se mettre en branle. Eh oui, je t'écris à l'aube, comme au temps de mon exil. Je retrouve tout le plaisir que je prenais jadis à m'unir à toi par le biais de l'écriture. Le plaisir est même double quand j'arrive à le purifier à la source.

Très sincèrement, je parviens, par moments, à ne plus avoir d'attentes à ton endroit. L'envie que j'ai de te voir, de te parler et même de te toucher est alors en tout point semblable au goût que j'ai de me baigner dans l'eau claire en laissant couler sur mon visage la douce chaleur du soleil.

À toi dans la lumière,
Madeleine

Épilogue

Madeleine et Louis réalisèrent leur projet. Après de pénibles démarches auxquelles ils consacrèrent beaucoup de temps et d'énergie, une grande école fut construite dans leur village. Mais ni l'un ni l'autre ne put réellement savourer cette victoire. Peu après le début de la construction, Louis apprit qu'il serait bientôt nommé curé dans une paroisse éloignée. Quant à Madeleine, elle mourut quelques semaines plus tard dans des circonstances qui demeurent assez mystérieuses. On la retrouva noyée dans le lac P. où elle s'était souvent baignée. Des paroissiens, qui avaient eu vent des amours de leur curé et de sa belle-sœur, virent aussitôt un lien entre le départ de l'un et le décès de l'autre.

Devant les risques d'un dangereux scandale, la parenté s'entendit pour étouffer l'affaire. Dans la mesure où l'on peut en juger, elle y réussit assez bien. Toutefois, en tant que psychologue, Marie trouvait que la stratégie du silence et de la négation avait eu des effets néfastes en empêchant sa famille de «ventiler» ouvertement ses émotions. Avec les lettres de sa tante, elle voulait aider ses proches à dissiper le brouillard de cachotteries malsaines qui s'était formé au cours des 40 dernières années. La séance de lecture qui se tint le soir de la fête en son honneur lui en fournit l'occasion. Elle fit discuter tout le monde de ce témoignage d'outre-tombe qui venait confirmer de vieilles hypothèses et en réfuter d'autres.

La fin tragique de Madeleine fut, cependant, fort peu commentée. Il est vrai que les personnes les plus susceptibles de posséder des renseignements de première main étaient décédées. Les autres affirmaient ne détenir que des éléments contradictoires. La plupart se contentèrent de répéter le vieux mot d'ordre familial : «Quand on n'a pas de preuve, on se tait.»

Ce furent les déclarations des enfants de Madeleine qui se révélèrent les plus intéressantes. Yvonne reconnut qu'elle avait été traumatisée de se retrouver orpheline de mère pour la deuxième fois en cinq ans. En apprenant la nouvelle de ce dernier malheur, elle avait eu la certitude d'en avoir été la cause. Elle savait que la veille, en rentrant de la baignade, elle avait affligé sa mère en lui annonçant la perte de la croix en or qu'elle portait au cou depuis sa première communion. Elle se persuada que sa mère s'était noyée en fouillant le fond du lac à la recherche de cette précieuse croix, cadeau de son oncle Louis. Plus tard, celui-ci lui fut d'un grand secours quand elle se décida enfin à lui confesser ce qu'elle croyait être le pire des crimes. De son propre aveu, les lettres lui faisaient le plus grand bien. Elles l'aidaient, entre autres, à mieux comprendre ses deux mères qui avaient payé si cher leurs amours interdites.

Quant à Michel, jusqu'à l'adolescence, il avait considéré sa mère comme une sainte. Il avait souvent eu l'impression que du haut du ciel, elle intervenait pour le protéger. Il ne s'en étonnait pas, se rappelant qu'il l'avait souvent surprise en train de prier. Puis, à 13 ans, un camarade lui avait jeté à la figure des propos qui avaient semé le doute dans son esprit. Le refus de son entourage de répondre à ses questions lui laissa soupçonner le pire. Il en voulut beaucoup à celle qui, en tombant de son piédestal, lui avait écorché l'âme à tout jamais. Les lettres, disait-il, l'invitaient à juger sa mère moins sévèrement, mais il avoua ne pas se sentir capable de tout lui pardonner. Avec douceur, sa sœur lui rappela la parole de l'Évangile maintes fois citée par le père Louis : «Que celui qui est sans péché lui lance la première pierre.»

Madeleine ou La Rivière au printemps relève de la fiction.
Toute ressemblance avec des personnes existant ou ayant existé
serait pure coïncidence.

Achevé d'imprimer en mai 1995 chez

à Boucherville, Québec
00364